6
転生賢者の
異世界ライフ
～第二の職業を得て、世界最強になりました～
Author
進行諸島
Illustration
風花風花

ドラゴンだー！
でっかいー!!
でも、げんきなさそうー！
なんか、しばられてる？

おかしな幻聴が聞こえるな。
いよいよ我も終わりのようだ……。
魔力のあった場所には
1匹のドラゴンが囚われていた。
スライムたちがのんきにドラゴンに近づいていく。

竜をテイムした人物といえば……
レリオールがいたが――
奴はそれゆえに
死んだのだ……。
古《いにしえ》の凄腕テイマー
レリオール

遙か昔の出来事を回想するように
バオルザードが呟く。
かつてレリオールという優秀なテイマーがいて、
竜をテイムしたことさえあったという。
だがその結果、レリオールは命を落とした。
過剰な魔力消費によって……。

竜の息吹!!
巨竜バオルザードが
赤き先触れの竜に渾身の一撃を放つ!!

だが、炎の中から現れた
〝赤き先触れの竜〟は、
全くの無傷だった!!

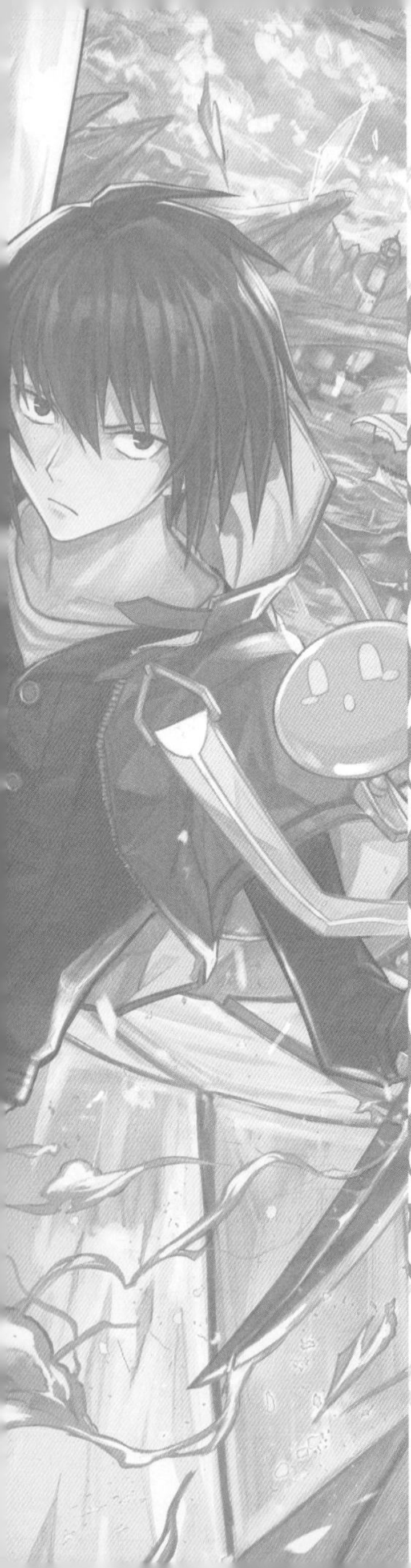

Tensei Kenja
no Isekai life

contents

転生賢者の異世界ライフ
～第二の職業を得て、世界最強になりました～

転生賢者の異世界ライフ

～第二の職業を得て、世界最強になりました～

6

Author
進行諸島

Illustration
風花風花

Tensei Kenja no Isekai life

第一章

『救済の蒼月《そうげつ》』が『万物浄化装置』により世界を『救済』しようとしていることを知った俺《おれ》は、情報を得るためにマーネイアの街へと来ていた。

そこで俺は警備の厳重な屋敷を見つけ、『スライム1匹通さない監視網』とやらを突破して、スライムを侵入させることに成功し、偵察を始めようとしていたのだが……。

屋敷の内部には、さらに厳重な警備態勢が用意されていた。


「また扉か……」


スライムたちとの『感覚共有』を通して映る映像を見て、俺はそう呟《つぶや》いた。

そこにあったのは、整然と並んだ頑丈そうな扉だった。

それぞれの扉の前には、警備員が立っている。

そんな空間に、一人の男が入ってきた。

男は一見、普通の村人のような姿だが……目つきがあきらかに、普通の人間とは違う。

「5267番、精製任務に参りました」

「了解。解錠を許可する」

男が警備員と言葉を交わすと、扉の内側から鍵《かぎ》を開けるような音がして、扉が開いた。

よく見てみると、扉の外側には鍵穴らしきものが見当たらない。

警備員を倒し、鍵を奪い取って開けるような真似《まね》はできないという訳だ。

開いた扉の奥にあったのは——またも扉だった。

そして、最初の扉が閉じられた後で、もう一度鍵が開くような音がした。

二重扉だ。

それも、二つの扉は同時に開かないタイプの。

この扉の中に入る人間は、必ず一時的に2枚の扉に挟まれた狭い空間へと閉じ込められることなる。

通常なら、すぐに2枚目の扉が開かれて中に入る訳だが——扉を開けたタイミングで侵入者が強引《ごういん》に割り込もうとした場合、2枚目の扉は開かず、侵入者は閉じ込められるという訳だ。

そう考えてみれば……さっきの狭い空間には、天井《てんじょう》付近に不自然な空気穴があった。

恐らくあれは、侵入者が入った場合に毒ガスを流し込み、侵入者を始末するための機構だろう。

「ここまでやるのか……」

あまりの警備の厳重さに驚きながらも、俺はスライムたちに尋ねる。

『扉の間から潜り込めるか？』

『えっと……やってみる！』

防水性を重視した水密扉でもなければ、スライムたちの侵入は防げない。

いくら警備を厳しくするとはいっても、全部の扉を水密機構にはしないだろう。
そう、考えていたのだが……。

『なんか、じゃまされるー！』

『はいれないー！』

スライムたちは頑張って中へ入ろうとするが、扉に阻《はば》まれてしまう。
よく見てみると、扉の間には何かゴムのようなもの……防水パッキンが入っていて、それがスライムの侵入を防ぐ仕組みになっていた。
典型的な、水密扉の構造だ。

「……なるほど、毒ガスか」

2枚の扉に挟まれた空間は、緊急時には毒ガスで侵入者を殺すために使われる。
その際、毒ガスが周囲に漏《も》れないように設計されている……ということだろう。
空気を防ぐのに比べれば、水を防ぐほうが簡単だからな。

隙間《すきま》から入れないなら、扉が開いたタイミングで侵入したいところだが……残念ながら扉の開閉はとても迅速に行われていたので、スライムの速度では潜り込めない。
となると……。

『仕方ない。壊すか……』

『こわすのー!?』

『バレちゃわないかなー?』

俺の言葉を聞いて、スライムたちが驚いたような声を上げる。
だが、別に扉を丸ごと破壊しようという訳ではない。

──『スライム酸』。
テイマースキルの中に、そんなものがあった。
恐らく、スライムの力で酸を出すものだろう。

『『スライム酸』っていうスキル、使えるか？』

『たぶん！』

『なんか、溶かすやつだよねー？』

『ああ。邪魔なゴムに向かって、それを使ってくれないか？　……バレないように、少しだけだぞ』

扉の防水に使われているのは、恐らく天然ゴムか何かだろう。
天然ゴムは、酸に弱かったはずだ。
……扉を丸ごと壊せばバレて当然だが、見えない部分にある防水ゴムが少し溶けたくらいなら、まず気付けないだろう。

『わかったー！』

そう言ってスライムが、体から酸を出して防水用のゴムに塗りつけ始めた。

すると……ゆっくりではあるが、ゴムが溶け始める。

『いい感じじゃないか。……このスキル、狩りにも使えるんじゃないか？』

スライムは攻撃能力を持たない魔物だと思っていたのだが、酸があるならそこそこ戦えるかもしれない。

そう考えたのだが……。

『うーん……スライムの酸じゃ戦えないって、お母さんがいってたー！』

『なんでも溶かしちゃう、強いスライムもいるみたいだけど……ぼくは無理かなー……』

どうやらスライムの酸は、魔物と渡り合うには強さが不十分のようだった。

だが、その中途半端《ちゅうとはんぱ》な強さの酸が、今の状況にはちょうどいい。

あまりに酸が強いと、ゴムが溶けるときに煙を上げたりして目立つからな。

目立たず、少しずつ溶けるくらいの酸は、こっそり侵入するのにうってつけだ。
そうしてしばらく待っていると……ゴムが溶けて、壁との間にわずかな隙間ができた。

『そろそろ入れるんじゃないか？』

あまり溶かしすぎてしまうと、それはそれで怪しまれてしまう。
扉と壁の間にミリ単位の隙間ができれば、スライムは入り込める。
今くらいの隙間なら、気付かれずに入れるだろう。

『ほんとだー！』

『はいれるー！』

そう言ってスライムたちが、次々と扉の中へと入っていく。
水密扉には苦労させられたが、どうやら何とかなったようだ。

◇

それから数分後。

2枚目の水密扉をさっきと同じ方法で突破したスライムたちは、二重扉の内側の部屋へと辿《たど》り着いていた。

その部屋には、異様な光景が広がっていた。


『な、なにこれー！』

『あの水、きもちわるいー！』


部屋の中心には、水のような液体が入った大型のガラス容器が置かれていた。

その容器に向かって赤い服を着た人間たちが祈っている。

よく見ると、俺たちがいるときに入ってきた男——村人のような姿をしていた『5267番』も、祈りに加わっていた。

そんな中、赤い服を着た男のうち一人が立ち上がった。

「祈りを」

立ち上がった男は、そう言って自分の手の平をナイフで浅く切る。
そして……傷口から滴《したた》る血を、容器の中に垂らした。

血が1滴落ちるたびに、容器に満たされた液体が、黒く濁《にご》っていく。
巨大なガラス容器に満たされた液体の量に対して、そこに垂らされた血の量はあまりにも少ない。

普通に血を混ぜただけであれば、血は大量の液体によって薄められ、ほとんど見えないほどまで薄い色になるはずだ。
だが、ほんの10滴ほどの血によって、容器の中にあった液体は真っ黒に染まった。

『……あれは……？』

『うーん、へんなかんじー！』

『ファイアドラゴンのとき、もってた水みたいー！』

……ファイアドラゴンのときの水か。

恐らく、『救済の蒼月』の命令を受けた運び屋たちが、ファイアドラゴンにかけようとしていた『呪《のろ》いの水』のことを言っているのだろう。

ということは……。

『ここは、『呪いの水』の生産施設ってことか』

以前にも俺は『呪いの水』を解呪《かいじゅ》したことがある。

だから『呪いの水』自体は別に怖くないのだが……問題は、なぜ連中がここで『呪いの水』を作っているのかだな。

この施設が『万物浄化装置』の関連施設だということは、ほぼ間違いないと言っていい。

そこでこんなものを作っているということは……何か理由があるはずだ。

『……他の部屋を探ってみよう』

この部屋だけでは、情報が足りない。
そう考えて俺は、スライムたちにもっと施設内の状況を調べてもらうことにした。
幸い、この施設内の水密扉をすり抜ける方法はもう判明した。
スライムたちは、どの部屋にだって入り放題だ。
せっかく来たのだから、施設の全貌《ぜんぼう》を暴《あば》かせてもらおうじゃないか。

◇

それから1時間ほど後。
『行き止まりだよー！』
『こっちも、行き止まりー！』
スライムたちはほぼ全《すべ》ての部屋を探索し終わり、行き止まりへと辿り着いていた。

そろそろ、施設の全貌が分かってきたと言ってもいいだろう。

とはいえ……今のところ、敵の狙《ねら》いを暴く決め手となるような情報があった訳ではないのだが。


『手がかりは、これか』


そう言って俺は、スライムが侵入した部屋のうち一つの光景を眺める。

部屋には、大量の樽《たる》が積まれていた。

この樽全てに、『呪いの水』が詰められている。

施設のほとんどは『呪いの水』の精製施設だったが……この部屋は、できあがった『呪いの水』が集められている場所のようだった。

問題は、集められた樽がどこに行くかだ。

この部屋には地下に続く隠し扉があったが、隠し扉は森につながっていて、スライムたちだけでは森に出た後にどこへ行くのかが分からなかった。

だが、あの通路を使う奴を追跡すれば、行き先も分かることだろう。

『誰《だれ》か来ないか、見張っておいてくれ』

『わかったー！』

俺はスライムに監視を頼み、誰かが来るのを待つことにした。

……あまり待つのも疲れるので、早めに来てくれるといいのだが。

◇

『だれか、きたよー！』

部屋の監視を始めてから30分と経《た》たずに、スライムたちがそう声を上げた。

確かに、足音が聞こえる。

『……隠し通路のほうからか』

足音は、地下通路から聞こえてきていた。

そして……床板に仕込まれた隠し扉が開かれ、中から4人の男が入ってきた。

男たちは全員、どこか虚《うつ》ろな目をしている。


『なんか、ぶきみだねー』

『へんなかんじー』


入ってきた男たちを見て、スライムたちがそう声を上げた。

どうやら連中は、スライムから見ても不気味《ぶきみ》なようだ。

そう考えていると、男たちは一言も話さないまま樽を1個ずつ持ちあげ、隠し扉のほうへと向かった。

……これを追跡すれば、行き先が分かりそうだな。

『追いかけられるか？　追いつけないようなら、プラウド・ウルフに手伝ってもらうが……』

『だいじょぶー！』

幸い、男たちの脚はさほど速くなかった。

樽を持った男たちは、一定のペースを崩さずに、黙々と歩いて行く。

その視線は真っ直《まっす》ぐ前に固定されており、周囲を警戒したり、道を確かめたりする様子もない。

道がある訳でもないのに、よく迷わないものだな。

まるで、決められたルートを移動するように設定された機械のようだ。

そう考えつつ、追跡を続けると……周囲の景色は次第に、鉱山地帯へと変わり始めた。

あちこちに岩肌が露出しており、切り立った崖も少なくない。

そんな中を迷わずに歩き——樽を持った男たちは、ようやく立ち止まった。

その目の前には、古ぼけた扉がある。

扉の上には『マーネイア第5鉱山』と書かれていた。

一見、普通の鉱山の入り口のようにも見える扉だ。

だがよく見ると、古びた木材の間に隠れて、真新しい金属の輝きが見える。

外見が鉱山に偽装してあるという訳で、ここも厳重に警備された施設なのだろう。

そう考えていると、虚ろな目をした男たちが初めて口を開いた。

「４２６３番、４２６５番、４２６８番、４２７２番。輸送完了」

扉の外にいるのは、樽を持った男たちと、それを追跡するスライムだけだ。

答える声は、扉の内側から聞こえた。

「祝詞《のりと》を」

「■%ム。$&」

扉から声が聞こえた後、樽を持った男のうち一人が、意味の分からない声を出した。

聞き取れない——というか、それが声だったのかすら、俺には判断がつかない。

まるで壊れかけたスピーカーが発する、不快な雑音のような音だった。
恐らく、味方を識別するための合い言葉か何かなのだろうが……何とも不気味だな。
そう考えていると、扉が開いた。
扉は、やはり二重扉になっている。

「4263番、入室」

そう言って男の一人が入った後に、奥の扉が開く音がした。
それを確認してから、今度は『4265番』が同じように入室を告げ、中へと入る。
どうやら、入室は一人ずつという決まりがあるようだな。

そう考えているうちに、4人は扉の内側に入り終わった。

『入れるか？』

『だいじょぶー！』

ここの扉も、さっき潜入した施設と同じように、水密扉だった。

すでに突破の方法は分かっているので、スライムたちは素早く防水機構を溶かし、部屋の中へと入っていく。

『あの、きもちわるい水だー！』

『いっぱいあるー！』

二重扉を抜けた先には、広い部屋があった。

その一角には、『呪いの水』が入った樽が大量に置かれている。

「4263番、4265番、4268番、4272番。輸送開始」

「承認」

樽を運んできた男たちはその中に樽を置くと、中にいた男たちと声を交わし、また外へと出て行った。
恐らく彼らは、ここを往復して水を運び続けているのだろう。
どうやら、ここが『呪いの水』を使っている場所で間違いなさそうだな。
『あっちのほう、道があるー！』
『こっちもー！』
スライムたちはそう言って、施設のさらに奥深くへと入っていった。
さて……何が出てくるんだろうな。

『また、いきどまりー！』

金属板によって塞《ふさ》がれた道を見て、スライムがそう叫ぶ。
扉すらない、ただの板だ。

『壁の向こう側は、どんな感じだ？』

『なにもないよー！』

壁と金属板の間にあった隙間《すきま》を通って反対側に抜けたスライムが、そう告げる。
やはり、ここもただの行き止まりのようだ。

『……元々は、かなり大きい鉱山みたいだな』

鉱山のほとんどのルートは、こんな感じだった。

どうやら、大規模な鉱山のうち一部の区画を使って、この施設は作られているようだ。

坑道のほとんどが塞がれているのは、使わない坑道から部外者が侵入するのを防ぐためだろう。

塞がれている坑道は、今見つけた中だけでも100個以上もあった。

だが……あれだけの数の坑道を全《すべ》て金属板で塞ぐのには、膨大な資源と時間がかかったはずだ。

ここまでするなら『呪《のろ》いの水』を作っていた倉庫を増築して、中に装置も置けばいい気がするが……そうもいかない理由があるのだろうか。

などと考えつつ俺《おれ》は、人海戦術ならぬスライム海戦術で坑道の中を探っていく。

すると……坑道の中に、大きい魔力反応が見つかった。

『……これは、でかいな……』

スライムとの『感覚共有』から伝わる魔力反応は、あきらかに普通の人間や魔道具とは桁外《けたはず》れの規模だった。
もはや、魔物や魔道具というよりは、ドラゴンに近い規模だ。
ファイアドラゴンの魔力反応でさえ、ここまで大きくはなかった。

『なんかあるー！』

『でっかいー！』

そう言ってスライムたちは、魔力反応の源へと進んでいく。

『気を付けてくれよ』

魔力反応はただそこにあるだけで、特に動いてはいない。
だからといって、安全だとは限らないのだ。
まあ、多少の危険なら俺が『魔法転送』で守ればいいのだが。

そう考えているとスライムたちは、どんどん奥へと入っていく。

すると……急に目の前に、巨大な空間が開けた。

スライムの位置からでは、全貌《ぜんぼう》を見渡すことすらできないほどの巨大空間だ。

大規模な鉱山の場合、鉱脈があった場所には巨大な地下空間ができたりもするのだが……この空間も恐らく、その一つだろうな。

そんな巨大空間の中に……巨大で禍々《まがまが》しい形をした装置があった。

周囲では武器を持った男たちが警備をしているが……機械の部品を留めているボルトの1本1本すら、その男たちより大きいのだ。

全体の規模は、今まで戦ったドラゴンが小さく思えるほどだ。

これが恐らく……『万物浄化装置』だろう。

『世界規模の災厄をもたらす機械となると、こんな規模になるのか……』

『万物浄化装置』を見て、『救済の蒼月《そうげつ》』がわざわざ廃鉱を使った理由も理解できた。

この装置は、地上に置くには大きすぎる。


もし、倉庫などにこれを隠そうとすれば、『呪われた水』を作っていた施設と比べても数十倍の広さと高さのある建物が必要になったことだろう。

あまりにも目立つ……というか、もはや怪しんでくれと言っているに等しい。

だからこそ『救済の蒼月』は、大鉱脈の採掘跡の巨大空間に魔道具を設置したのだ。


などと状況を分析しつつ、俺は対処を考える。

この装置に向かって『極滅《きょくめつ》の業火《ごうか》』でも撃ち込めば、装置を破壊できるだろうか。


だが……これは仮にも、大陸一つを滅ぼすような装置だ。

『極滅の業火』の熱に耐えられないという保証はない。


『いっそ、この施設を丸ごと占拠して『救済の蒼月』の連中が近付けないようにしてしまうか……?』

たとえ装置が頑丈でも、それを操《あやつ》る人間まで頑丈になる訳ではない。

スライムたちをあちこちに配置し、入ってこようとする奴を片っ端《かたぱし》から倒せば、敵を装置から遠ざけることはできるはずだ。

いくら『救済の蒼月』であっても、装置に近付けないことには、何もできないだろう。


しかし……その状態を継続する、となると難しいか。

スライムはたくさんいるから交代で休憩してもらえばいいが、俺は一人しかいないのだ。

いくらスライムの数が多くても、魔法なしでは『救済の蒼月』の連中に勝てない。

となると、占領状態を維持するためには、俺が不眠不休でスライムたちをサポートする必要がある。

そんな状態は、長くもたない。

社畜《しゃちく》時代の感覚でいくと、3日くらいの徹夜なら何とかなるが、そこから先は怪しいところだ。

せめて俺が二人いれば、2交代制で警戒状態を維持できるのだが。

そう考えていると……スライムが声を上げた。

『むこうにも、なんかいるよー！』

そう言ってスライムが、装置の奥を見ている。

巨大すぎる装置に隠れて、目では見えないが……確かに装置のさらに奥に、魔力反応があるな。

それも、かなり大きい——ドラゴンのような魔力だ。

魔力の大きさでいえば、目の前にある『万物浄化装置』より大きいかもしれない。

その魔力からは『万物浄化装置』とは違い、生物的な印象と、どことなく弱々しい印象を受ける。

これだけの魔力が近くにあって気付かなかったのは『万物浄化装置』の陰に隠れていたせいもあるが……魔力の主が弱っていたせいもあるのかもしれない。

『ちょっと、みてくるー！』

そう言ってスライムたちが、魔力反応のほうへと近付いていく。

たとえ魔力の持ち主が弱っていたとしても、油断はできない。

何しろ、相手はドラゴン級の魔力を持っているのだ。


弱っていようとも、強い魔物は強い。

むしろ半端《はんぱ》に怪我《けが》をして怒っている状態のほうが、通常時より危険なくらいだ。

俺がファイアドラゴンと戦わなければならなくなったのも、雨によって傷ついたファイアドラゴンが街へ向かってきたせいだしな。


それに……相手が、自然の魔物だとも限らない。

ここにいる連中は『救済の蒼月』なのだ。

奥にいるのが、装置を守るために作られた人造魔物や、通常の魔物を改造して作られた魔物だったとしても、俺は驚かないだろう。


……普通の魔物だって、スライムを見つければ襲いかかってくるかもしれないしな。

『気を付けてくれ。友好的な魔物だとは限らない』

『わかったー！』

そう言ってスライムたちは『万物浄化装置』の奥へと進んでいった。

◇

『ドラゴンだー！』

『でっかいー！』

それから数分後。

巨大な装置の横を通り抜けたスライムたちは、魔力のあった場所を見て……そう叫んだ。

そこには、1匹のドラゴンがいた。

全身を鎖で縛り付けられ、かなり弱っているようだが、紛《まぎ》れもなくドラゴンだ。

それも……恐らく、かなり高位のドラゴンだな。

大きさは『デライトの青い竜』よりさらに大きいくらいだ。

確かに、ドラゴンのような魔力だとは思っていたが……まさか本物だったとは。

ドラゴンといえば、この世界でも非常に珍しい魔物のはずなのだが……何だかんだ、あちこちで会っている気がする。

もしかしたら、俺はドラゴンに縁があるのかもしれない。


そう考えつつ俺は、防御魔法を準備する。

もしドラゴンが敵対的だったとしたら、スライムたちには急いで撤退してもらわなければならない。

『救済の蒼月』の拠点の中で、ドラゴンと正面から戦うなんて、自殺行為でしかないからな。

そのときには、帰りついでに『極滅の業火』あたりを『万物浄化装置』に撃ち込んでから撤退するつもりだが。

などと考えていると……。

『げんきなさそうー！』

『なんか、しばられてる！』

『かわいそう！』

そう言ってスライムたちが、ドラゴンのほうへと集まっていく。
その動きからは、何の警戒心も感じられなかった。
……こいつらは今、敵地にいる自覚があるのだろうか。

『おい、そんなに近付いて大丈夫なのか？』

俺はいつでも防御魔法を展開できる準備を整えながら、そう尋ねる。
すると……スライムたちののんきな声が返ってきた。

『だいじょぶー！』

『こわくないよー！』

スライムたちはそう答えつつ、どんどんドラゴンへと近付いていく。

……『デライトの青い竜』のときには怖がっていたスライムたちが近付いていくということは、大丈夫なのだろうか。

スライムも一応魔物ではあるので、『野生のカン』みたいなものがあるのかもしれない。

こいつらの『野生のカン』が信用できるかというと、かなり怪しいところだが。

そう考えていると……何とスライムは、ドラゴンの体を登り始めた。

『……おい、お前が登ってるそれ、ドラゴンだぞ。分かってるのか……？』

あまりの暴挙に、俺は困惑の声を漏《も》らした。

近付くのは分かる。百歩譲って分かる。

だが……普通、登るか？

敵か味方かも分からない、傷だらけの竜に登るか……？

『もう、どうなっても知らないからな……』

俺はそう呟《つぶや》きながら、スライムたちの様子を見守る。

一応、防御魔法の準備はしたままだが——これだけ近付かれてしまうと、守りきるのは難しいかもしれない。

だが無理に止めようにも、方法がない。

こうなればもう、スライムたちの無事を祈るくらいしかできることがなくなってしまう。

『きこえるー？』

俺がスライムの武運を祈っていると、１匹のスライムが無謀にもドラゴンの顔に登り、ドラゴンにそう尋ねた。

すると……ドラゴンは閉じていた目を薄く開けた。

『……幻覚か……我もいよいよ、終わりのようだな』

ドラゴンは一瞬驚いた様子を見せたが、すぐにかすれた声でそう呟いて、また目を閉じた。

どうやらスライムたちは、幻覚だと思われてしまったようだ。

『ぼく、いるよー！』

『げんかくじゃないよー！』

ドラゴンの言葉に、スライムたちが憤慨し始めた。

無視されたスライムたちは、自分たちの存在感をアピールしようと顔の上を動き回ったり、背中の上でぴょんぴょん跳びはねたりするが……ドラゴンが目を開ける様子はない。

そして……ついにしびれを切らしたスライムの１匹が、俺に言った。

『ゆーじー、おみずー！』

水……？
まさか、ドラゴンを水で叩き起こせってことか？
こいつら、何を考えているんだ……？

そう考えつつも俺は、スライムとの『感覚共有』を介して、ドラゴンの周囲の状況を確認する。

機械の周囲には警備員がいたが、ドラゴンの周囲には一人もいない。
恐らく、視界に入ると殺されてしまうので、近付かないようにしているとかだろう。
その代わり、頑丈な鎖でがんじがらめにすることで、脱走を防いでいるという訳だ。

この状況なら……水魔法くらい使っても、見つからないかもしれないな。
だが、大丈夫だろうか。

『おい、本当に水をかけて大丈夫なのか？』

『だいじょぶー！』

『おみずー！　はやくー！』


俺が尋ねると、スライムたちからそんな言葉が返ってきた。

どうやらスライムたちの辞書に、警戒の2文字はないらしい。

……まあ、さっきの動きの雰囲気だと、確かに敵対的な印象は受けなかったな。

案外、大丈夫かもしれない。

そう考えて俺は、魔法を発動する。


『魔法転送――給水』


そう唱えると、ドラゴンの顔に乗ったスライムから、ドラゴンの目めがけて水が発射された。

水を浴びたドラゴンは、さすがに驚いたらしく、目を見開いた。

その隙《すき》を逃さず、スライムはドラゴンの目の前――比喩《ひゆ》ではなく、本当に眼球の前に行って尋ねた。

『きこえるー？』

『……聞こえる』

ドラゴンが、かすれた声で返事をした。
どうやらスライムたちの存在は認められたようだ。
そして……このドラゴンは、スライムたちと話ができるようだ。

『貴様らは、何だ？　なぜ水魔法を使える？』

スライムたちを認識したドラゴンは、そう尋ねる。
弱々しくも威厳に満ちた……プラウド・ウルフなら聞いただけで逃げ出しそうな声だ。
だが、その声から敵意のようなものは全く感じられなかった。
声に込められた感情は、驚きと——諦《あきら》めだろうか。

そう考えていると、スライムが答えた。

『ぼくたちは、ゆーじのスライムだよー！』

『あのおみずは、ゆーじの魔法だよー！』

スライムの言葉を聞いて、ドラゴンが目をぱちくりさせた。

それから、わずかに笑みを浮かべ……興味深げな顔でスライムを見る。

『ふむ……主を持つスライムか。『魔法転送』とは、死ぬ前に珍しいものを見せてもらった』

どうやらこの竜は、『魔法転送』の存在を知っているようだ。

この世界では『魔法転送』は知られていない魔法だったはずだが……なぜ知っているのだろうか。

もしかしたらこの竜は、かなり長い時間を生きていたりするのかもしれない。

言葉も通じるし、これは今の状況についての情報を聞き出すチャンスだな。

そう考えて俺は……『魔物意思疎通《そつう》』を発動した。

さっきまで俺は、スライムとの『感覚共有』を介して、ドラゴンとスライムの会話を聞いていた。

だが、情報をしっかり聞き出すなら直接話したほうがいいのは間違いない。

テイムしたことのない魔物に、遠隔で『感覚共有』を使うのは初めてだが……つながるだろうか。

そう考えつつ、様子を見ていると……頭の中で、ドラゴンにつながるような感覚があった。

どうやら、うまくいったようだ。

『……聞こえるか？』

俺は『魔物意思疎通』を通して、ドラゴンに語りかける。

すると……すぐ返事が返ってきた。

『……『魔物意思疎通』か。となると貴様が、スライムたちの主か？』

『そうだ。スライムたちに敵意はないから、攻撃しないでもらえると助かる』

まず俺はドラゴンに、敵対の意志がないことを告げた。

いきなり水を浴びせておいて何を言うのか……と自分でも思わないではないが、本当に敵意はないのだ。

『一人寂《さび》しく死ぬところに、賑《にぎ》やかな使いをよこしてくれたのだ。攻撃を加える理由などない。……むしろ、礼を言わせてほしいくらいだ』

どうやら、初対面での放水という蛮行《ばんこう》は攻撃とすら認識されていなかったようだ。

体だけではなく、器も大きいドラゴンのようだな。

だが……死なれては困る。

ドラゴンは俺にとって、貴重な情報源なのだ。

何しろ、このドラゴンはずっと前からこの拠点にいて『救済の蒼月』がやってきたことを見ている訳だからな。
連中が何をやっているのか、これからどうするのかについて、俺よりも詳しく知っている可能性も高い。

『死ぬのは、まだ早いんじゃないか？』

魔力反応を見る限り、ドラゴンは弱っているが……致命傷という感じには見えない。
そう考えて尋ねたのだが、ドラゴンは首を横に振った。

『もはや時間の問題だ。自分の体のことは、自分が一番よく分かる』

『俺が使える魔法には、回復魔法もある。竜にどのくらい効くかはわからないが……それで何とかならないか？』

『やめてくれ。延命はできるかもしれぬが……ここに縛られたまま生き残ることに意味などない。むしろ早く死ぬことこそが、奴らに対する一番の反抗だ』

ドラゴンの言葉は穏やかだったが……『奴ら』という言葉を発した瞬間だけ、ドラゴンの目に怒りと憎しみが宿った気がした。

魔物の感情を摑《つか》みやすくなるのも『魔物意思疎通』の効果なのだろうか。

ドラゴンが言う『奴ら』というのは、恐らく『救済の蒼月』のことだろう。

これだけ大きいドラゴンを縛り付けて監禁するなんて真似《まね》が、他の誰《だれ》かにできるとも思えないし。

そう考えつつ俺は、ドラゴンに尋ねる。

『『奴ら』というのは『救済の蒼月』のことで合っているか？』

『ああ。……その名を知るということは、まさか貴様も、奴らの仲間か？』

『いや、むしろその逆でな。俺は『救済の蒼月』を止めるために、スライムたちを潜入させたんだ』

『……貴様が、奴らを止めると？』

ドラゴンがピクリと反応して、近くにいたスライムをまじまじと見つめる。

どうやら、興味を持ってもらえたみたいだな。

『ああ。そのために、何をしたらいいかを知りたい。奴らがやられて困ること、奴らの弱点……そういうものを、何か知らないか？』

ドラゴンの言葉からは、自分が助かりたいという気持ちよりも『救済の蒼月』への憎しみのほうを強く感じた。

となると、正直に意図を話したほうが、話を聞いてもらいやすいかもしれない。

そう考えたのだが……。

『分かった。事情を話そう』

俺の言葉を聞いて、ドラゴンはあっさりそう答えた。

これで正解だったようだな。

『我はずっとここに縛られていた故、連中の行動を全て見ていた訳ではない。……分かるのは、連中が我を使って何をしようとしているかだけだ。それでもいいか？』

『もちろんだ。……まず聞きたいんだが、連中は何のためにお前を拘束したんだ？』

ここに来るまでの厳重な警備を見る限り、ここにドラゴンを置いて警備代わりにしようという話ではなさそうだ。

仮にそうだったとしても、言うことを聞かないドラゴンなんかがいても、警備の役には立たないだろう。

警備目的なら、鎖でがんじがらめにして身動きすらとれない状態なんかにはしないだろうしな。

となると、別の目的がある訳だが……。

『奴らが我を拘束したのは、我の体から魔力を引き出すためだ』

ドラゴンが、あっさり答えを教えてくれた。

『魔力を引き出す？』

『ああ。連中に妙な水をあびせられると、体から力が……魔力が抜ける。奴らはその魔力を集めて、あの得体の知れない機械に流し込んでいる』

そう言って竜は、首輪から伸びる太い金属線に目をやった。

金属線は真《ま》っ直《す》ぐ、『万物浄化装置』のほうへと引かれていた。

どうやら、あの金属線はドラゴンから吸い上げた魔力を『万物浄化装置』へと流し込むためにあるようだ。

あんな巨大装置をどんな動力で動かすのか、というのは少し気になっていたのだが……竜の力を使うという訳か。

大量の『呪いの水』は、そのためにあったんだな。

『つまり……お前を解放すれば、連中の企《たくら》みを阻止できるって訳か？』

あの『呪いの水』生産設備には、まだまだ大量の『呪いの水』が残っていた。

にもかかわらず、まだ生産は続けられていたようだ。

ということは……装置に供給する魔力は、まだまだ足りないということのはず。

連中が予備として『呪いの水』の生産を続けているとしたら、話は別だが。

大量の魔力を他の方法で確保するのは難しいだろうし、仮に装置の予備があったとしても、ドラゴンの予備までは用意していないはずだ。

今このタイミングでドラゴンを解放すれば、連中の計画を阻止できるような気がする。

『人間が、我を助けるだと？　……我の力をもってしても抜け出せないこの状況を、貴様が破れるとでも？』

『ああ。『魔法転送』を使えば、スライムを介して遠隔で魔法を撃ち込めるからな』

ドラゴンの解放によって計画を阻止するメリットは、もう一つある。

確かに、俺が直接的に『魔法転送』で設備を壊して回ることでも、連中の計画は邪魔できるだろう。

だが……その場合『救済の蒼月』は、『謎《なぞ》の魔法によって計画が阻止された』と思うはずだ。

そうなれば、犯人探しが始まる可能性がある。

俺がやったとバレる可能性も、ないとはいえない。

その点、ドラゴンに暴《あば》れてもらえれば話は簡単だ。

たとえ俺がドサクサに紛れて『極滅の業火』を何発か撃っても、敵は勝手にドラゴンの仕業《しわざ》だと思いこんでくれることだろう。

要は、罪（悪事を阻止するためなので、別に罪ではないが）をドラゴンに押し付けようという訳だ。

『『魔法転送』か。しかしアレは、術者が使える魔法を転送するものでしかない。放水魔法をいくら転送したところで、意味はないぞ』

最初に放水したイメージのせいで、ああいう魔法しか使えないと思われてたのか……。

あれはスライムにそそのかされてやっただけで、俺の意思ではないのだが……。

まあ、弱っているところにいきなり水を浴びせて叩き起こしたのは、申し訳なく思っているが。

『俺の戦闘は、魔法がメインなんだ。もっと高威力な攻撃魔法もあるぞ』

『攻撃魔法……どんなものを使うつもりだ？』

『例えばだが『極滅の業火』で、鎖ごと焼き切るとかはどうだ？』

あの魔法は『終焉《しゅうえん》の業火』と比べて範囲が狭いので、制御が効きやすいほうだ。

うまいこと使う場所を調整すれば、ドラゴンを巻き込むことなく鎖だけを切れる……かもしれない。

ドラゴンは火に強い生き物だろうし、多少巻き込んでしまっても――いや、それはまずいか。

異世界に来たばかりのとき、『終焉の業火』を使ったら、ドラゴンは普通に倒れてしまった。

このドラゴンは、そいつよりだいぶ格上に見えるが……今は弱っているようなので、耐えられる保証はなさそうだ。

『テイマーが『極滅の業火』とは……面白《おもしろ》い冗談だな？』

テイマーか。

確かに俺はテイマーだし、そう名乗っているが……実はもう一つ職業がある。

この世界では知られていない職業のようだから、あまり名乗ってはいなかったが……『魔法転送』を知っている竜が相手なら、通じるかもしれない。

『俺《おれ》はテイマーでもあるが、賢者でもある。言ってる意味が分かるか？』

効果は絶大だった。

竜の表情が一瞬で変わり……それから呟《つぶや》いた。

『テイマーで賢者だと？　それではまるで……』

声の調子も、今までの諦《あきら》めを含んだようなものとは違う。

真剣に、何かを考えるような——いや、昔を思い出すような声色《こわいろ》だ。

しばらく考え込んだ後、ドラゴンは俺に尋ねた。

『『極滅《きょくめつ》の業火《ごうか》』以外で、同等以上の威力を持つ魔法の名前を言ってみろ。もし本当に賢者であれば、答えられるはずだ』

『使ったことがある魔法でいうと……『終焉《しゅうえん》の業火』、『永久凍土の呪詛《じゅそ》』、『絶界隔離の封殺陣《ふうさつじん》』あたりだな』

その言葉を聞いて、ドラゴンの表情が動いた。

そして、しばらくの沈黙の後……ドラゴンは呟く。

『にわかには信じられぬが……賢者でない者が、それらの魔法の名前を知っているとは思えん。まさか、このような場所でそこまでの者に出会うことになろうとはな……我にもまだ運が残っていたか』

そう言って竜は、祈るように目を閉じた。

どうやら、信じてもらえたようだな。

さて、問題はここからどうするかだ。

強大な力を持つドラゴンを縛り付ける設備は、中途半端《ちゅうとはんぱ》なものではないはず。

適当に魔法をぶっ放しただけで、何とかなるようなものではない気がする。

『それで、どうやって助ければいい？　回復魔法で体力を回復した上で、鎖を壊せばいいか？』

『回復か……確かに体力を消耗しているのは事実だが、問題はそこではないな。……腹を見てくれるか』

『腹？』

俺はそう呟きつつ、スライムにドラゴンの腹の様子を見てもらう。

すると……竜の腹に、黒く太い杭《くい》が刺さっているのが見えた。

杭は『感覚共有』越しでさえ分かるような、あきらかに禍々《まがまが》しい気配を放っている。

『これは……呪《のろ》いか？』

杭にかかった呪いは、ドライアドの森を滅ぼしかけた魔石よりさらに強力なように見えた。

こんなものを直接体内に打ち込まれれば、弱るのも当たり前だろう。

恐らく『救済の蒼月《そうげつ》』は、不意打ちでこの杭をドラゴンに突き刺した上で拘束し、ここまで連れてきたのだろう。

『やはり分かるか。……これさえなければ、我があのような人間などにとらわれることもなかったのだが』

どうやらドラゴンは呪いの杭を体に打ち込まれ、それによって力を失っていたようだ。

ただの金属の鎖などでドラゴンを拘束できるのかは疑問に思っていたが……そういう仕組みだったのか。

『これは、解呪《かいじゅ》すればいいのか？』

『ああ。だが……生半可な解呪魔法では、これだけの呪いを解くことはできん。……解呪魔法は、どこまで使える？』

どこまで使える、か。

手持ちの魔法の中には、『何だか強そうな名前をした、解呪系っぽい魔法』がいくつかある。

たとえば『聖別の完全浄化』とか。

だが、名前が似ているだけで、これが本当に解呪魔法なのかは分からない。

自信を持って解呪系だと言える魔法の中だと……。

『『解呪・極《きわみ》』だな』

『『極』……だと⁉ 『真《しん》』ではなくてか?』

『……それも使えるが、もしかして『真』のほうが上なのか?』

名前的に『極』のほうが上だと予想して、今まで高威力の解呪魔法が必要な場面では『解呪・極』を使っていたのだが……。

もしかして、間違っていたのだろうか。

俺は色々と魔法を使えるが、魔法に関する知識はあまり多くないんだよな。

そもそも、覚えている魔法の中で、使ったことがあるのはほんの一部でしかないし。

一度、手持ちの魔法を片《かた》っ端《ぱし》から使って試してみたい気持ちもあるのだが……それは色々と危ないので、試せずにいる。

今までに使った『終焉の業火』や『絶界隔離の封殺陣』程度なら、MPがマイナスになってHPが減る程度で済んだのだが……魔力消費が多すぎる魔法を使えば即死の可能性もあるのだ。

その上、『永久凍土の呪詛』などは、発動後に周囲へ与える影響があまりにも大きい。

ファイアドラゴンが出た訳でもないのに周辺をまとめて凍らせたりすれば、大事件になるのは想像に難くない。

そういう訳で、俺は使える魔法のほとんどに関して、正確な効果を知らないままなのだ。

『いや……強いのは『解呪・極』のほうだ。しかし……本当に使えるのか？』

『使ったことはあるから、忘れていなければ使えるはずだ』

あの魔法はそれなりに魔力消費が多いが、『永久凍土の呪詛』のように一撃で魔力を食い尽くすという訳ではない。

今日はまだ全然魔力を使っていないし、問題はないだろう。

しかし……『終焉の業火』を使ったと言っているのに、『解呪・極』で驚かれるのはちょっと疑問だな。

使っている感覚だと、『終焉の業火』のほうがよほど格上の魔法なのだが。

『あの魔法って、そんなに難しい訳じゃないよな？　『終焉の業火』とかに比べれば、全然魔力消費も少ないと思うんだが』

『魔力消費量だけで見れば、確かにそうだが……あの魔法を使うには、極《きわ》めて強い魔力回路と繊細な魔力制御が必要になる。魔法としての格では『終焉の業火』などとは比べ物にならんほど上だよ』

そうだったのか……。

魔法にも、色々あるんだな。

魔力制御なんて意識したことがなかったが、どうやら『解呪・極』は難しい魔法のようだ。

使っている感じでは、全然そんなことはないのだが……。

『『解呪・極』って、結構すごい魔法だったんだな……』

『ああ。賢者の称号を得た者の中でも、よほどぶっ飛んだ化け物にしか使えない魔法だ。貴様……いや、ユージは一体何者だ？　どうやってそこまでの魔法使いになった』

おっ、名前を呼んでくれた。

さっきまでは『貴様』扱いだったので、だいぶランクアップという感じだ。

適当にごまかしてもいいが……このドラゴンなら、俺が読んだ本に関しても知っているかもしれない。

ここは、正直に話してみるか。

あの本の正体は、気になっていたしな。

『本で読んだんだ』

『ほ……本だと？』

ドラゴンが、困惑の声を上げた。

どうやら本を読んで魔法を覚えた人間は珍しいようだな。

まあ、このドラゴンが人間の魔法について詳しいかは微妙なところなのだが。

『ああ。例えば『神滅《しんめつ》の魔導書』とかだな』

『神滅……ああ、その本は知っている。だが……あれは間違っても、ただ読んだだけで理解できるようなものではないはずだが』

『……そうなのか？』

『魂を魔法に捧《ささ》げた魔法使いが、年単位の時間をかけて理解、習得する。あの本はそういう代物《しろもの》だと、人間の賢者から聞いた』

俺は普通に読んだだけで、理解できたのだが……。

もしかして、読んだのが違う本だったのだろうか。

同じ名前の本が何種類かあっても、不思議ではないし。

『なるほど。俺が読んだ本とは少し違う気もするが……とりあえず、『解呪・極』が使えれば問題はなさそうだな。『真』と『極』、どっちがいい？』

『魔力的に余裕があるのなら『解呪・極』のほうを頼みたい。『真』でも拘束から抜けることはできるだろうが、悪影響は残りそうだからな』


なるほど。後遺症対策という訳か。

そこまで大量の魔力を消費する訳ではないし、『極』のほうを使えばよさそうだな。

このドラゴンには、存分に暴《あば》れてもらう必要があるし。

『分かった。こっちはいつでも行けるが……準備はいいか？』

『いつでも大丈夫だ。準備がしたくとも、今の状態では動くことすらできんからな。呪いを解いてもらってから、動くことにしよう』

『了解した。じゃあ、30秒後に解呪を発動する』

そう言って俺は、ドラゴンの周囲の状況を確認する。

周囲に『救済の蒼月』らしき人影はなし。隠れられそうな場所も……ざっと見た限り、なさそうだ。

『スライム、準備はいいか？』

『『だいじょぶー！』』

最後にスライムに確認すると、元気な返事が返ってきた。

スライムたちはドラゴンが暴れるときに巻き込まれないように、一つに合体してもらっている。

この状態なら、暴れるドラゴンに巻き込まれても俺の魔法で助けられるからな。

そうして、30秒が経過した。

『魔法転送――『解呪・極』』

俺がそう唱えると、スライムの体からドラゴンの腹に向かって、眩《まぶ》しい光が放たれた。
光は黒い杭を塗りつぶすようにして浄化し、その力を奪っていく。
あれほどの存在感を放っていた杭は、あっという間に消滅した。

『解呪・極』って、こんなに強かったんだな……。

前回はかなり適当に、とりあえず上位っぽい解呪魔法を使えばいいか……程度の感覚で使った魔法だったのだが。
そんな事を考えつつも俺は、追加の魔法を発動する。

『魔法転送――『パーフェクト・ヒール』』

今度は、回復魔法だ。
ドラゴンは、ここに来てから随分と酷い扱いを受け、重い傷を負っていた。

今までは『救済の蒼月』に存在がバレるのを警戒していたため、回復魔法を使わなかったのだが……今となっては、そんなことを気にする必要はない。

スライムから放たれた回復魔法が、ドラゴンについていた傷の数々を跡形もなく消し飛ばした。

『上位回復魔法か！　恩に着る！　……これで、暴れられそうだ』

『ああ。存分に暴れてくれ。……できれば、スライムを巻き込むのはほどほどにしてほしいがな』

『ほどほどなら、いいのー⁉』

俺の言葉に、スライムがショックを受けたような声を出した。

ドラゴンを助けたのだから、攻撃されることはないと思っていたのだろう。

『もちろん、巻き込まれたら俺が守るから安心してくれ。……巻き込まれないように、逃げていてほしいがな』

確かに、わざと攻撃することはないだろうが……強力な攻撃って、狙《ねら》いをしっかり絞るのが難しいんだよな。

『終焉の業火』や『永久凍土の呪詛』といった魔法は、その威力のせいで、どうしても広範囲を薙《な》ぎ払《はら》ってしまう。

ドラゴンがそういった攻撃手段を持っているなら、それを使わないように頼むよりは、俺がスライムを保護したほうがいいだろう。

広範囲魔法の火力は、今この状況ではとても便利だろうし。

『わかったー！』

『ちゃんとにげるよー！』

そう言ってスライムたちは、ドラゴンの近くから逃げ出した。

プラウド・ウルフほどではないが、結構な逃げ足だ。

最終的にスライムたちが岩陰に隠れたのを確認して、ドラゴンが動く。

『さて……暴れるとするか』

そう呟いてドラゴンは、鎖に縛り付けられた翼を動かす。

ドラゴンの圧倒的な力によって、鎖はまるで蜘蛛《くも》の糸か何かのように千切《ちぎ》れた。

杭がなければ、金属製の鎖などこの程度ということなのだろう。

『手始めに、あの忌々《いまいま》しい装置からいくぞ！』

そう言ってドラゴンが、前へ一歩踏み込んだ。

巨大な図体《ずうたい》に見合わない機敏な動きで一気に『万物浄化装置』までの距離を詰めたドラゴンは、その太い爪《つめ》を振り上げる。

もちろん『救済の蒼月』も、黙って状況を見ている訳ではない。

ただ、あまりに急に起こった事態に、対処しきれていないようだ。

突然の解呪と回復による、無傷のドラゴンの出現。

最低でも『極滅の業火』クラスの魔法を使える者でなければ、対処しきれない状況だろう。

普通の警備員であれば、パニックになってもおかしくはない。

だが装置の警備を任されただけあって、ここにいた警備員は優秀だった。

「緊急事態だ！　ドラゴンが解放された！　至急応援を――」

即座に『事態が自分たちの手に負えない』と判断した警備員たちは、応援を呼ぶべく通信機に話しかける。

そんな警備員たちを無視して、ドラゴンの手が装置へと振り下ろされた。

「ドラゴンの数は1匹。動力源用のドラゴンが――」

「至急、応《おう》え――」

周囲の警備員たちは、それぞれに別々の場所に通信し、応援を求める。

一撃でまとめて殺されることを警戒してか、警備員同士も距離を空けていた。

もはや警備員たちは、自分の命を諦めているのだろう。

殺されるとき、バラバラに散らばってそれぞれ攻撃を受けることで、少しでも時間を稼ごうという訳だろう。

もし10回の攻撃で警備員が全滅するなら、それはドラゴンに『攻撃10回分の時間を使わせた』ということになる……といった算段だ。


だが、無駄だった。

『ふはは！　我を動力源代わりに使おうとした報《むく》い、受けてもらおう！』


ドラゴンの爪は警備員たちを無視して、まっすぐ『万物浄化装置』へと振り下ろされた。

装置は巨大で、すさまじい強度を誇っているように見えたが——ドラゴンにとってそんなものは、砂の城と大して変わりはない。

人間より太いようなボルトが、まるでホチキスの針か何かのように弾け飛ぶ。

重機のような大きさと重さを持った部品も、砂か何かのように吹き飛ばされた。

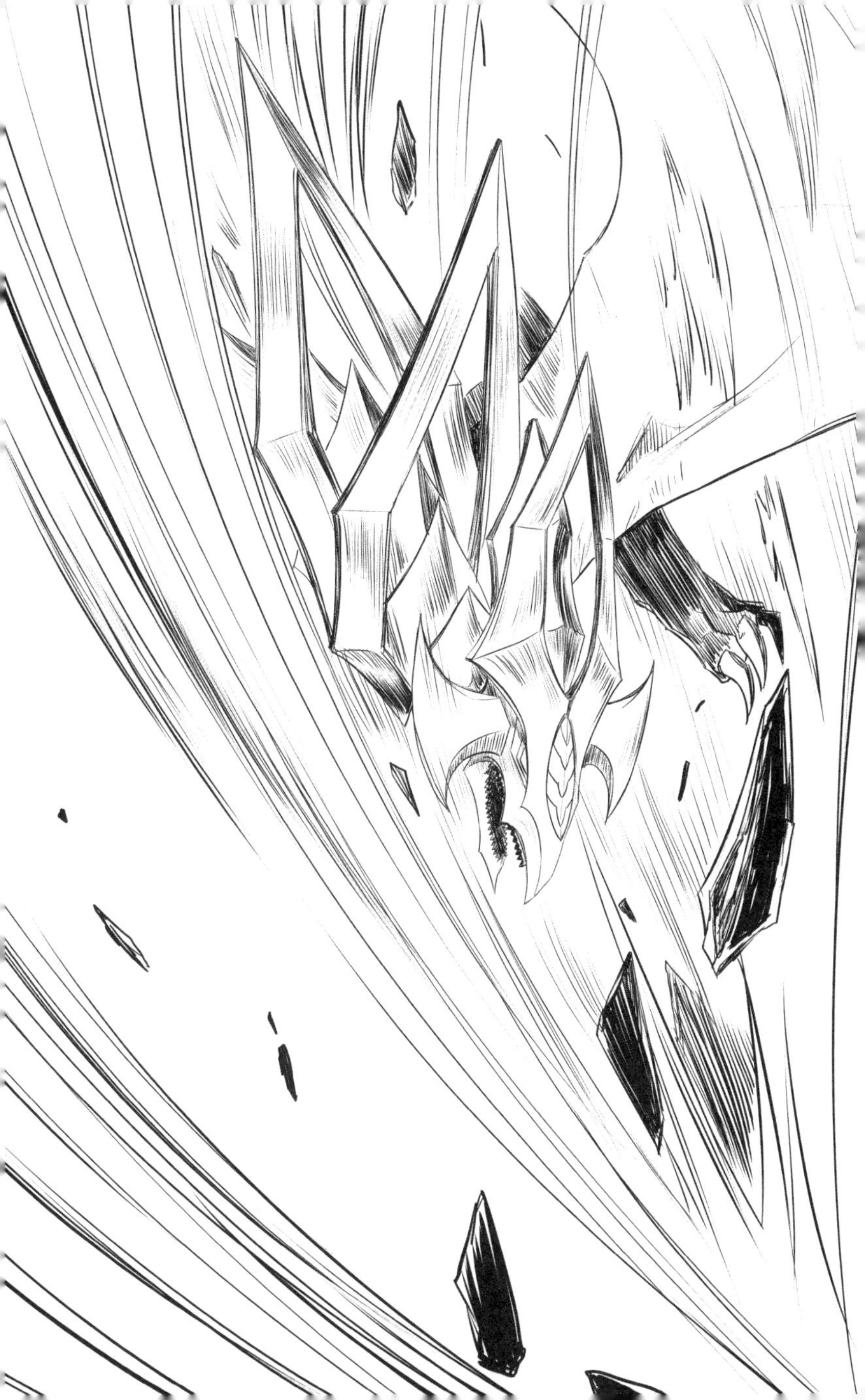

警備員たちはドラゴンの攻撃対象になることすらなく、飛び散った部品に押し潰《つぶ》されて息絶えた。

ドラゴンの攻撃とは本来、余波だけで人間を殺す威力があるのだ。

『む？　……このあたりに、我を虐《しいた》げていたゴミどもがいたはずなのだが……奴らはどこに行った？』

ドラゴンはそう呟いて、あたりをきょろきょろと見回す。

どうやら『万物浄化装置』に気を取られて、周囲の警備員たちの様子にまで気が回っていなかったようだ。

『警備員のことなら、もう全員死んだぞ。壊れた装置の残骸《ざんがい》に巻き込まれてな』

『……そうか。あの程度で死ぬような連中に拘束されていたとは……忌々しい鎖め』

そう言ってドラゴンは、怒りの咆哮《ほうこう》を上げながら近くの資材置き場に向かって炎を吐く。

そこに積まれていた『呪いの水』の樽《たる》などが、炎を浴びて灰になった。

『救済の蒼月』の連中も何人かいたらしく、跡には白骨がいくつか落ちていた。

……ドラゴンの本当の力を、こんなに近くで見るのは初めてかもしれないな。

今までは『終焉の業火』で遠くから倒したり、地面に落ちてきたところを攻撃したりしただけだし。

敵に回すと面倒なドラゴンも、味方にするとここまで頼もしいのか。

『装置は片付いたな。……あとは、ここを脱出すればいいという訳か』

『ああ、そうしてくれ。……援護の必要はあるか？』

『援護は無用だ。あの程度の連中なら、殺さないほうが難しいくらいだ』

そう言ってドラゴンが、重い足音を立てながら廃鉱山の中を歩き始める。

しかし、どうやら通り抜けられない通路があったようで、忌々しげに呟いた。

『……狭いな』


この廃鉱山は大規模とはいっても、ドラゴンが歩けるような大きさにはできていない。

ところどころに広い空間はあるものの、それをつなぐ通路まで巨大ではないのだ。

とはいえ……ドラゴンがここにいたということは、『救済の蒼月』は何らかのルートでドラゴンをここに運び込んだはず。

そう考えて俺は、スライムとの『感覚共有』を介して周囲の状況を探る。

すると、左のほうに進んだ場所に、搬入ルートらしきものが見つかった。

今は板で塞《ふさ》がれているが、恐らく地上につながる巨大な縦穴だ。

巨大な『万物浄化装置』とドラゴンは、あの縦穴から運び込まれたのだろう。

『左のほうに歩いていけば、出られるルートがありそうだぞ』

『脱出ルートか。……感謝する』

そう答えつつもドラゴンは、左に進もうとはしない。
左の通路は、ドラゴンが通るのに十分な広さがあるはずなのだが……。

『そっちじゃないんだが』

『分かっている』

そう言ってドラゴンは爪を振り上げ、狭い通路の壁に叩きつけた。
壁が砕け、それと同時に小規模な落盤が起きる。

『うわー！』

『埋まるー！　たすけてー！』

落ちてきた岩石に巻き込まれかけたスライムたちが、助けを求めてきた。
俺はスライムたちを結界魔法で保護しながら、ドラゴンに尋ねる。

『まさか、無理やりルートをこじ開けるつもりか……？』

『当然だ。……我に味わわせた屈辱と苦痛、連中全員の命をもって償《つぐな》わせるまで、逃げる訳にはいかんだろう？』

なるほど。

どうやらドラゴンが『救済の蒼月』に抱いている恨みは、随分と深いようだな。

まあ、呪いの杭を打ち込まれて拘束され、ボロボロの状態に痛めつけられた挙げ句、『呪いの水』によって魔力を奪い取られた……となれば、恨みを抱かないほうがおかしいのだが。

とはいえ……。

連中の拠点を完璧《かんぺき》に破壊することに関しては、俺も大賛成だ。

『あまり時間をかけると、『救済の蒼月』の連中が援軍に来るんじゃないか？』

『大歓迎だ。一人残らず殺してやる』

『そう簡単にいくならいいんだけどな……』

今までの経験からいくと『救済の蒼月』の連中は、一人一人がそこまで強いという訳ではない。

だが、得体の知れない装備——例えば呪いの杭のようなものを用意していることが多いのだ。

『あとの処理は俺がやっとくから、まずは逃げないか？』

『万物浄化装置』は重要なものだが、あくまでただの機械にすぎない。

どこか別の山奥などに予備があれば……あとはドラゴンを拘束するだけで、もう一度計画を実行に移されてしまう可能性もある。

『そのほうが賢いかもしれんな。連中が例の杭をまだ持っていたら、罠《わな》に引っかからないとも限らん』

『ああ。俺が心配しているのは、まさにその可能性だ』

『それでも……ユージの助力があれば、対処は可能なのではないか？　……我は我自身の手で、連中に報いを受けさせたい。頼む』

俺の力、か。

確かに……もし杭をまた受けてしまっても、解呪は可能だろう。

それ以上の武器を敵が持っていたらどうかは分からないが……ドラゴンを隠《かく》れ蓑《みの》にして『救済の蒼月』の拠点を潰せるというのは、悪くない提案だな。

目立つドラゴンが的になってくれれば、スライムたちに攻撃の矛先が向かう可能性も低いし。

問題は、俺の魔力がなくなった後でドラゴンを捕らえられると、最悪の事態になることだが……。

『俺の魔力が残り半分を切ったら撤退だ。その条件を守ってくれるなら、協力しよう』

『感謝する。では……思う存分やらせてもらおう』

そう言ってドラゴンは、鉱山の壁を破壊し始めた。

その様子を見つつ、俺はスライムたちに告げる。

『念のため、出口の外に張り込んでおいてくれ。逃げられないようにな』

『わかったー！』

そう言ってスライムたちの一部が、出口へと張り込み始めた。

これで敵が異変に気付いても、逃げ出すことはできないという訳だ。

『よし、通れるようになったか』

少しして、ドラゴンはそう呟《つぶや》いた。
狭かった通路は砕かれ、ドラゴンがギリギリ通れる広さになっていた。
そんな中に、ドラゴンが踏み込んでいく。

『ほう……逃げなかったか』

通路を通り抜けて、ドラゴンはそう呟いた。
目線の先には、『救済の蒼月《そうげつ》』の人間がいる。

「来たぞ、動力源だ!!」

「魔道具を起動しろ！　最悪死んでも構わん！」

『救済の蒼月』の連中の言葉を聞いて、ドラゴンは不快げに地面を引《ひ》っ掻《か》いた。

どうやら、未《いま》だに動力源呼ばわりされたのが気に食わないようだ。

『失《う》せろ』

ドラゴンが炎を吐く。

それだけで、『救済の蒼月』の連中は残らず灰になった。

後に残ったのは、焼け残った白骨——だけではなかった。

そこには、大砲のようなものが置かれていたのだが……。

大砲には太い杭《くい》が装填《そうてん》され、禍々《まがまが》しい気配を放っていたのだ。

『む、あれは……？』

困惑の声を上げるドラゴンを前に、大砲の魔力が膨れ上がり始める。

あきらかに、発射準備をしている。

『よかろう。鋳潰《いつぶ》してやる！』

そう言ってドラゴンが、大きく息を吸う。
ドラゴンの頭部に大量の魔力が集まり、光を放ち始めた。

そして、ドラゴンが火を吹き――。
炎に包まれた大砲は、無傷のままそこにあった。

『……むう。普通の金属ではないか……』

どうやらドラゴンの火力をもってしても、あの大砲は壊せなかったようだ。
一部の部品は赤熱しているようだが、形が崩れることはなく、魔力も相変わらず膨れ上がり続けている。
発射までに時間がかかっているのは恐らく、杭が巨大で重いせいだろう。

『どうすればいい？　逃げ場はないようだが……』

俺《おれ》のスライムのほうを向いて、ドラゴンがそう尋ねる。

大砲はドラゴン対策のために、耐熱合金か何かで作られているのかもしれない。

かといって、もと来た道を引き返しても、逃げるのが間に合うとも限らないんだよな。

通路の幅はドラゴンがギリギリ通れる程度でしかないので、走ったりはできないし。

『いったん受けて、その後で治療するのはどうだ？』

『……そんなことをすれば、我は死んでしまう。あの杭は、我を拘束していたものより遥《はる》かに太い』

……助けを求める声が、どことなく弱々しい。

いくら呪《のろ》いの杭があるとはいえ、『救済の蒼月』はどうやってこんな巨大なドラゴンを拘束したのか……と不思議に思っていたのだが、何となく分かった気がする。

ドラゴンは自然界において、圧倒的な強者だ。

だからこそ、命を狙《ねら》われることに慣れておらず、不用心だという訳だ。

弱いからこそ武器や技術を磨く、人間とは正反対って感じだな。


そう考えつつ俺は、ドラゴンを助ける方法を考える。

結界で杭を受け止める？　……しかし、あれだけの魔力を使って撃ち出された杭を止めるには、『絶界隔離の封殺陣《ふうさつじん》』クラスの魔法が必要になりそうだ。

だが、あれを使うと魔力がほとんどなくなってしまうので、できれば使いたくない。


『解呪《かいじゅ》』しようにも、距離が遠すぎる。

あの魔法は、そこまで射程が長くないのだ。

飛んできたところを『解呪』で落とすのも、当てるのが難しそうだな。


となると、やはり撃たれる前に壊すしかないか。

耐熱合金にも、限界というものはある。

要は壊れるまで、温度を上げてやればいいのだ。

『分かった。魔法転送――極滅《きょくめつ》の業火《ごうか》』
そう言って俺は、スライムを介して魔法を発動する。
『呪いの杭』を装填《そうてん》した大砲が炎に包まれ、またも無傷で現れる。
だが、赤熱した部品が増えている。
細くて熱が伝わりやすい部品に至っては、一部が溶け始めているようだ。
（やっぱり、耐熱も完全じゃないみたいだな）
大砲が杭を撃ち出しそうな気配を感じて、俺は再度の魔法転送を行う。
そろそろ、勝負をつけなければまずそうだ。
『魔法転送――極滅の業火』
唱えた魔法は、先程と同じだ。
だが、今回は合体したスライムのうち、５匹に転送したのだ。

5発同時に発動された『極滅の業火』は、赤を通り越して青白い光となって、大砲を襲った。

圧倒的な熱量によって急激に膨張した空気が、廃鉱山の中に吹き荒れる。

『なっ……この火力は一体何だ⁉　どの魔法を使った⁉』

ドラゴンが、困惑の声を上げながら地面に伏せる。
炎に強いはずのドラゴンでも、この熱さは感じるようだ。
一方、少し離れた場所にいたスライムたちは……。

『わーっ！』

『ぎゃー！　あついー！』

そう言って地面を転げ回っていた。
もちろん、スライムが熱に弱いことくらい、俺は知っている。

だからこそ、『魔法反射結界』で囲っていたのだが……防ぎきれなかったのだろうか。

『お前らの周りは、結界で囲ってるはずなんだが……本当に熱いのか？』

俺はそう、スライムたちに尋ねる。

魔法による熱をこの『魔法反射結界』で防げないとなると、これからはもうちょっと戦い方について考える必要があるかもしれない。

などと、考えていたのだが……。

『あれ？　あつくないや……』

『いわれてみれば、あつくないよー！』

『だいじょぶだったー！』

どうやらスライムたちは魔法を見ただけで、熱い熱いと騒いでいたようだ。

結界はしっかりと、スライムたちを守っていたらしい。

心配して損した。

『よし、壊せたみたいだな』

爆風と煙が晴れたとき、そこに大砲はなかった。
大砲の代わりにあったのは、溶けて原型がわからなくなった金属と、どす黒い杭だけだった。

『他の金属はドロドロでも、杭は溶けないのか……呪いってすごいんだな……』

『いや、驚くのはそこじゃないだろう。今の魔法は一体何だ……？　一体、何が起きた？』

頭を上げたドラゴンが、そう呟く。
どうやら、重ねがけの『極滅の業火』を見るのは初めてのようだ。
まあ、俺も使うのは初めてなのだが。

『今のは俺の『極滅の業火』だ』

『……『極滅の業火』の威力なら、我も知っているぞ。あんな威力が出る訳がない』

『『魔法転送』を使えば、いくつもの魔法を同時発動できるだろ？　それで魔法を重ねると、威力が上がるんだ』

『『魔法転送』による魔法の多重発動のことも知っている。だが、それと『極滅の業火』に、何の関係が――』

ドラゴンが、訝《いぶか》しげな目をスライムに向ける。

それから数秒間考え込んで――ドラゴンは叫び声を上げた。

『まさか……『極滅の業火』を多重発動したのか⁉』

『ああ。とっさの思いつきだったが……うまくいったみたいでよかった』

『とっさの思いつき……いや、あの魔法は思いつきで多重発動できるようなものではないはずだろう？』

多重発動ができない？

『極滅の業火』って、そういうものだったのだろうか。

考えてみると、今まで俺は高威力な魔法を、人がいるところで使ったことがないんだよな。

『賢者』という職業を知っている人間などいなかったので、当然といえば当然なのだが。

もしかしたらこのドラゴンは、俺が今まで会った中で、最も魔法に詳しい者なのかもしれない。

念のため、『多重発動ができない』という言葉についても、理由を聞いておくか。

今後の戦闘で、何かヒントになるかもしれないし。

『多重発動ができないって、どういうことだ？』

『そのままの意味だ。『極滅』に限らず、上位の魔法は魔力回路にかかる負荷が大きい。二重発動さえできないようになっているはずなんだが……なぜ使える？』

『なぜって言われてもな……使ってみたら使えただけだ。特に何かやった訳じゃないぞ』

『……ユージ、本当に人間か？』

あ、これは本当に疑っている声だ。

失礼な話だな。

『俺は人間だ。……それはそうと、そろそろ行かないか？　連中にあまり時間を与えたくないしな』

杭を撃ち出す大砲を破壊してから、すでに5分近くが経《た》っている。

その間にも『救済の蒼月』の連中は、ドラゴンに対処する準備を進めていることだろう。

まあ、さすがにあの大砲が奥の手だった気はするが、相手は『救済の蒼月』だからな。時間を与えないに越したことはない。

『分かった。撤退だな。……助けに感謝する』

『撤退？　せっかく大砲を潰《つぶ》したのに、撤退するのか？』

『ユージが魔力を半分使ったら撤退する。そういう約束だったはずだろう？　我としては、もっと壊して回りたいのは山々だが……我は約束を守る』


ああ、魔力の心配をしていたのか。

見かけによらず、律儀《りちぎ》なドラゴンだったようだ。

とはいえ、別に撤退の必要はないのだが。


『魔力ならまだ8割くらいは残っている。進んで問題ないぞ』


ステータスで魔力を確認して、俺はそうドラゴンに告げる。

ここ最近、レッサーファイアドラゴンを乱獲したり、スライムの餌《えさ》となる魔物を絶滅に追いやる勢いで狩ったりしていたおかげで、魔力の上限もだいぶ増えていたようだ。

今まで強敵との戦いは、魔力がマイナスになってからが本番という感じだったのだが……今はまだ、8割くらい残っていた。

『……さっきの質問は撤回しよう』

『撤回？　どの質問だ？』

『さっきの『本当に人間か？』という質問だ。間違いなく、ユージは人間ではない』

断定されてしまった。

どこからどう見ても、俺は人間のはずなのだが。

少し人より魔力が多かったり、スライムをテイムしたりできるだけで。

『何か、助けたのに随分と失礼なことを言われた気がするんだが……』

『今のは褒《ほ》めたのだ』

『……そうか。じゃあ、ありがたく受け取っておこう』

そう言葉を交わして、ドラゴンはまた壁を攻撃し始めた。

ドラゴンの鋭い爪《つめ》が廃鉱山の壁を砕き、どんどん削り取っていく。
しかし……ドラゴンがいま削っているのは、道でもなんでもない、ただの壁だ。

『そこは道じゃないんだが』

『分かっている。……素直に道を通ると、また迎撃されそうだからな。だったら、連中の想定ルートを外れてやればいいという訳だ』

なるほど、考えたな。
確かに『救済の蒼月』も、わざわざ敵が壁を壊して進んでくるとは思わないだろう。
問題は、やたらと時間がかかることか。
いくらドラゴンが圧倒的な力を持っているとはいっても、広い廃鉱山に新たな坑道を作るとなれば、結構時間がかかる。

『じゃあ待ってるから、適当に壊していってくれ』

『分かった。坑道を壊す際には、落盤が起きる可能性が高い。スライムたちには退避してもらったほうがいいかもしれんが……』

『スライムたちは防御魔法で守るから、心配しないでくれ』

俺は少し考えた結果、後はドラゴンに任せることにした。

落盤くらいは起こるかもしれないが、そのときだけスライムたちを守ればいいだろう。

それから数時間後。

『すまない……やはり巻き込んでしまったようだな』

そう呟《つぶや》きながらドラゴンが爪《つめ》で岩をどけ、崩落によって埋まっていたスライムたちを掘り出してくれた。

どうやら、殲滅《せんめつ》は終わったようだ。

『やっと、出られたー！』

『せまかったー！』

スライムたちがそう叫びながら、岩の上をはね回る。

初めのうちはスライムたちも崩落が起こるたびに岩の下から這《は》い出《で》ていたのだが……いくら脱出してもすぐに崩落が起こってしまうため、スライムたちはとっくに諦《あきら》めて埋まっていたのだ。

ダメージ的な意味では、埋まったところで問題ないが……やはり狭かったようだな。

『すまんな。お詫《わ》びといっては何だが、ここから脱出する手伝いをさせてもらいたい』

『ああ、頼んだ』

ドラゴンによる破壊で、トンネル内部の状況は様変わりしていた。

もはや、元来た道がどこなのかもわからない。

だが……廃坑には、空に通じる大穴が空いていた。

ドラゴンに乗せてもらえれば、簡単に合流できるだろう。

◇

それから少し後。

俺《おれ》たちは廃坑から少し離れた場所で、ドラゴンと合流していた。

「凄《すさ》まじい魔法だったな。我も長く生きたが、あそこまでの威力を誇る魔法を見たのは初めてだ」

「……賢者なら、使える奴もいるんじゃないのか？」

「うーむ。レリオールが生きていれば、将来的に使えるようになった可能性もゼロとはいえんが……」

『レリオール』って奴なら、使えたかもしれないのか？」

初めて聞く名前だな。

どうやら、故人のようだが。

「ああ。あれは……数百年も前のことだったか。もしかしたら1000年以上前かもしれんが……ユージと同じく、賢者とテイマーという二つの職業を合わせ持った人間がいたのだよ」

俺と同じ組み合わせか。
そいつもスライムを大勢テイムして大軍勢を作ったりしていたのだろうか。
少し気になるな。戦い方のヒントにもなるかもしれないし。

「どんな奴だったんだ？」

「ユージほどではないが、魔法使いとしては化け物じみた奴だったな。当時の世界に、レリオールを知らぬ者はいなかったくらいだ」

「……どんな魔法を使っていたんだ？」

「奴の切り札は『終焉《しゅうえん》の業火《ごうか》』だな。あのドラゴンすら焼き尽くす火力を実現できる人間など、他にいないと思っていたが……つい先程、二人目を見つけたところだ」

俺と同じ魔法か。

やはり同じ職業なだけあるな。

「『終焉の業火』は、何発撃てたんだ？」

「1発に決まっている。そもそも人間の体では、アレを連発する負荷に耐えられんはずだ」

と言いかけてドラゴンは、俺のほうを見て――目を見開いた。

それから、恐る恐るといった感じで、俺に尋ねる。

「まさか……『終焉の業火』を連発できるのか？『極滅《きょくめつ》の業火』ではなく？」

「2発撃つのが精一杯だがな。かなりの反動があるから、できれば撃ちたくない」

「反動なら、1発でも十分すぎるほど重いはずだが……まさか、そんなことができる人間がいるとはな。……人間と呼んでいいのかさえ、甚《はなは》だ怪しいところだ」

どうやら人間扱いはしてもらえないようだ。

改造など受けていない、純度１００％の人間なのだが……。

とりあえず、レリオールの戦闘スタイルは何となく分かった。
恐らく俺と同じような、強力な範囲魔法で一気に勝負を決めるタイプだろう。
切り札が『終焉の業火』となると、戦い方の参考にはならなそうだ。

「テイマーとしてはどうだったんだ？」

「ふむ……奴は強力な魔物を複数テイムしていたが……最後にテイムしたのは、我が古き友人『赤竜ベルダ』だ」

「ドラゴンって、テイムできるのか……」

言われてみれば……確かにドラゴンを飼《か》い馴《な》らせれば、すごく便利な気がする。
凄まじい速度を誇る飛行型魔物だし、戦闘力も申し分ない。
スラバードと違って、隠密性は最悪に近いが……また違った形で役に立ってくれるはずだ。

そしてテイムには、『何匹も飼い馴らして軍隊を作れる』という利点がある。

スライムの軍勢でさえ、あれだけ強いのだ。

もしドラゴンの軍勢を作れれば、まさしく最強だろう。

問題は、意思疎通《そつう》ができる友好的なドラゴンがいるかどうかだが……実は、目の前にいるんだよな。

ドラゴンにとっても、俺と組むのは悪い話ではない。

近くにスライムを潜ませておけば、『救済の蒼月《そうげつ》』のような連中に狙《ねら》われたときに、不意打ちの『魔法転送』で守ることもできるからな。

などと考えていると、ドラゴンが呟いた。

「何を考えているかは分かるが、やめたほうがいいぞ」

「やめたほうがいいって、ドラゴンのテイムか？」

「ああ。できるなら我もそうしたいところだが……やめておいたほうがいい」

ドラゴンはそう呟いて、顔を伏せた。

何だか、少し悲しそうな声だ。

「何か事情があるみたいだな」

「ああ。……テイムされた魔物は強さに応じて、主の魔力を消費し続けるということは、知っているな？」

「……え、そうだったのか？」

俺はそう言って、スライムたちに目をやる。

スライムたちも、きょとんとした顔だ。

こいつら、俺の魔力を消費していたのか……？

「まさか、知らなかったのか……？」

「ああ。聞いてないからな」

「そ……そうか。普通は聞かずとも、魔力回復の遅さなどで気がつくものなのだが……『終焉の業火』を連発できるような魔力を持っていれば、それも気にならないのかもしれんな」

「まあ俺がテイムした魔物は、ほとんどスライムだしな」

魔物が消費する力が強さに比例するのであれば、スライムが消費する魔力はほぼゼロだろう。
何しろ、単体での戦闘力は皆無に等しいからな。
そう考えると、スライムは魔法使いと相性《あいしょう》のいい魔物なのかもしれない。

「やけにスライムが多いとは思っていたが……まさかユージは、スライムしかテイムしていなかったのか……」

「プラウド・ウルフとスラバードがいるぞ」

「……どちらも、大して魔力を消費しない魔物だな」

どうやら俺は、無意識に燃費のいい魔物ばかりテイムしていたようだ。
まあ、強くて意思疎通のできる魔物なんて、今まで会わなかったしな。
だが……ドラゴンは凄まじく燃費が悪そうだな。

「テイムはやめたほうがいいっていうのは、魔力が足りなくなるってことか？」

「ああ。手に余る魔物をテイムすると、時間とともに魔力が減っていく。ユージほどの魔力を持っていれば、枯渇《こかつ》には時間がかかるだろうが……回復する以上の速度で魔力を食い潰《つぶ》せば、いつかは枯渇が待っている」

なるほど、テイムした瞬間に魔力をごっそり持っていかれて死ぬとかではないんだな。
そう考えるとむしろ『永久凍土の呪詛《じゅそ》』とかに比べれば安全な気もする。
あの魔法とか、魔力が減っているときに使えば普通に即死できそうだし。

「……テイムって確か、解除できるよな？　魔力が切れる前にテイムを解除すれば、一時的には協力できるってことか？」

「半端《はんぱ》な魔法使いであれば、それで問題はないのだが……高位の賢者の場合は逆に危ない。なにしろ『限界を超えて、魔法を使う』ことができるからな。お主もできるだろう？」

限界というと……ＭＰマイナスのことだろうか。
確かにＭＰがマイナスになっても、俺は魔法を使うことができる。

その際には魔法を使うたびに、ＨＰが減っていく。
『終焉の業火』や『永久凍土の呪詛』などを使った後は、ほとんどこの状態だな。
特に『終焉の業火』を２連発したときなどは、気絶することになった。

「ああ。気を失ったこともあるな」

「気絶か。ドラゴンのテイムが危険なのは、まさにそれが理由だ。反動で気を失ったとき、通常なら魔力は回復しているが……強すぎる魔物をテイムした状態だと、逆に魔力が減っていく。レリオールは、そのせいで死んだのだよ」

なるほど。

確かに……気絶したら一発アウトというのは、なかなかに危ない気がする。

気絶したままでは、テイムの解除もできそうにないしな。

「分かった。テイムはやめておこう」

「それがいい。とはいえ……テイムでなくとも、協力関係を築く方法はある。連絡手段は確保しておきたいな」

「スライムを連絡係にするのはどうだ？」

「ああ。確かに我が領域にもスライムがいるな。奴らは警戒心がゼロだから簡単にテイムできるだろう」

ドラゴンの領域にいるスライムも、やっぱり警戒心ゼロなのか……。

どこに行っても、スライムは警戒心のない生き物のようだ。

よく絶滅してないな……。

「分かった。何かあったときには、よろしく頼む。えーと……」

「……そういえば、まだ名乗っていなかったな。我が名はバオルザードだ。よろしく頼む、現代の賢者よ」

◇

それから数時間後。

バオルザードの領域にいるスライムを遠隔テイムした俺は、通信のテストをしていた。

『あー。聞こえるか？』

『問題なく聞こえる。そちらの状況はどうだ？』

『今は『救済の蒼月』のアジトにスライムを紛《まぎ》れ込ませて、偵察をしているところだ』

俺はそう言って、スライムとの『感覚共有』に意識を向ける。
スライムが潜り込んでいるのは、アジトにある会議室だ。
万物浄化装置が壊されたという話はもう伝わっているらしく、部屋の中は重い空気に包まれていた。

「もう終わりだ……」

スライムとの『感覚共有』を介して、『救済の蒼月』のメンバーが嘆く声が聞こえる。
もしかしたら奥の手でも用意しているのではないかと、危惧《きぐ》していたのだが……どうやら杞憂《きゆう》だったようだな。

「竜の復活まで、どのくらいもつ?」

「今がギリギリのタイミングだ。『黒き破滅の竜』復活までにはまだ少しかかりそうだが……『赤き先触《さきぶ》れの竜』はいつ復活してもおかしくはない」

「何ということだ……手は打てるか?」

「無理だ。『万物浄化装置』は我々にとって最後の砦《とりで》。装置と動力源たる竜を同時に失った今、我々に打てる手はない」

話の内容を聞く限りだと……これから『赤き先触れの竜』とかいうドラゴンが復活するみたいだな。

まあ、『救済の蒼月』の情報が正しいかどうかは、かなり怪しいところなのだが……『救済の蒼月』が得体の知れない技術を持った組織であることは確かなので、本当に竜が現れる可能性もあるだろう。

普通に『終焉の業火』あたりで倒せる竜ならありがたいが、『デライトの青き竜』みたいなのが出てくると、かなり厄介だな。

「……打つ手なしか。せめて『万物浄化装置』が修理可能であれば、やりようはあったのだが……」

「脱走のついでとばかりに壊しおって、動力源の分際で忌々《いまいま》しい竜だ」

「人間の関与があった可能性もあるがな。例の竜に打ち込んでいた杭《くい》は、超高位の解呪《かいじゅ》魔法でもなければどうにもならん代物だ」


おっと。

あの装置を壊したのは、全《すべ》てドラゴンの仕業《しわざ》ということで片付いてほしかったのだが……少し怪しくなってきたな。

とはいえ、仮に人間の関与があるとバレたとして、俺の仕業だというところまではわからない気がするが。


「そのような魔法、人間に使えるものなのか？」

「分からん。……だが他に可能性があるか？」

「年老いた竜は魔法を使うという話がある。人間があの杭を解呪したという話にくらべれば、まだ納得のいく説だろう」

「……全く、忌々しい竜だな。万物浄化装置でこの大陸さえ犠牲にすれば、人類は助かったはずなのだが……もはや我らに残された道は、『黒き破滅の竜』に滅ぼされることだけだ」

どうやら、人間が関《かか》わっていたとはバレずに済んだようだ。

しかし、魔法を使えるドラゴンもいるのか。

仲間にしたら強そうな気がするが……さすがに魔力切れで死ぬのは嫌なので、やめておくか。

『黒き破滅の竜』が現れるまで耐えられるかは、かなり怪しいところだがな。今の状態では『赤き先触れの竜』1匹で滅びかねん」

しかし……こいつら、まるで自分たちが人類を助けようとしているみたいな言い方だな。

ドラゴンを街にけしかけて滅ぼそうとしていた連中のはずなのだが。

まあ、とりあえず連中は動くつもりがないようだし、俺に危害を加えてこないならよしとするか。

今のうちに倒しておくのも一つの手だが……連中は貴重な情報源なので、いったんは生かしておくことにしよう。

スライムを潜ませておけば、いつでも『範囲凍結・中』を撃ち込むことができるしな。

『とりあえず、『救済の蒼月』が動く様子はなさそうだ。そっちはどんな感じだ？』

偵察が一段落したところで、俺はバオルザードにそう尋ねた。
すると……スライムたちの楽しそうな声が返ってきた。

『こっちも、だいじょぶー！』

『なんか、美味《おい》しい果物あるよー！』

『いっぱいあるー！』

……バオルザードに話しかけたつもりだったのだが。
どうやらスライムたちは、相変わらず平和なようだな。

『果物ー⁉　甘いの⁉』

『行きたいー！　ゆーじ、食べにいこうよー！』

美味しい果物の話を聞いて、スライムたちは早くも食べる気満々のようだ。

とはいえ……危険なドラゴンが復活する可能性のある状況で、あまりのんびりしている訳にもいかない。

とりあえず、復活が近いという『赤き先触れの竜』の情報くらいは摑《つか》んでおきたいところだ。

『バオルザード、『赤き先触れの竜』って分かるか？』

『もちろん知っている。アレは、我が討《う》ち滅《ほろ》ぼすべき敵のうちの一つだ』

どうやら、バオルザードが知っている竜だったようだ。

こんなに早く情報が手に入るとは……協力体制を築いた効果が、すでに出ているようだな。

『……まさか、例の竜が復活するのか？』

『ああ。もし『救済の蒼月』が本当のことを言っているならの話だけどな』

『そうか。……それで、ユージはどうするつもりだ？』

『強さ次第だな。倒せそうな強さなら、倒しに行くのもいいが』

どうやら『赤き先触れの竜』というやつは、バオルザードにとって倒すべき敵のようだ。

とはいえ俺自身は、特にそいつに恨みがある訳ではない。

倒しに行って返《かえ》り討ちに合うくらいなら、最初から逃げるのも手だ。

『ふむ……倒せる強さかどうかは、微妙なところだな。私だけでは絶対に勝てんが、ユージの助力が得られるなら、勝機はある』

『……『終焉の業火』1発や2発で倒せるような相手じゃなさそうだな』

『無理だな。とはいえ……奴が本当に現れるのなら、戦う以外の選択肢はない。たとえ他の大陸に逃げようとも、死ぬのが少し遅くなるだけだ』

随分と物騒な話だな。
前に戦った『デライトの青い竜』に関する神話も、そんな感じの内容だった気がする。
もしかしたら、神話に出てくるような竜はみんな似たようなものなのかもしれない。

だとすれば、取るべき対処法もあまり変わらない。
デライトの青い竜も、現れた直後はそこまで強くなかったはずだ。

『復活直後を狙いたいところだな』

『……今の話だけで、その結論にたどり着くか。さすがは賢者と言うべきか……』

『昔、似たような竜と戦った事があるだけだ。……しかし復活直後を狙うには、敵が現れてすぐ見つける必要があるな……』

デライトの青い竜を早期発見できたのは、単に運がよかったからだ。
次もそうなるという期待は、しないほうがいいだろう。
そう考えていたのだが……。

『奴の復活場所なら分かっている。我が領地の近くだ』

どうやら竜が復活する場所はバオルザードの領地の近くのようだ。

もしかしたらバオルザードは、わざとそういう場所に住んでいたのかもしれない。

『じゃあ、領地に向かおう。……近くに宿とかはあるか？』

『うむ。我が領地の近くにはバオザリアという街がある。そこを宿とするのがいいだろう』

『やったー！』

『果物だー！』

俺の言葉を聞いて、スライムたちが快哉《かいさい》を叫んだ。

どうやら結局、スライムたちの思いどおりのようだ。

行き先をバオルザードの領地に決めた俺《おれ》は、その日のうちに移動を始めた。

防具によって速度を増したプラウド・ウルフのおかげで、長距離移動はかなり楽になっている。

人間だけのパーティーなどと比べると、スライムたちに警戒を任せられるのも、楽に長距離移動ができる理由の一つだ。

この世界に来たばかりのころは野営を避け、多少時間に余裕があっても街で寝るようにしていたが、最近は『行けるところまで行って、そこで野営をする』という選択肢を気軽にとれるようになった。

何かあったらすぐに起きなければならないので、熟睡という訳にはいかないが……デスマーチの最中に会社の床で寝るのに比べれば、ずっと快適だ。

そんな理由で俺は、暗くなるギリギリまでプラウド・ウルフの背に乗って移動していたのだが……そろそろ周囲が見えなくなってきた。

夜目の利くプラウド・ウルフに『感覚共有』で視覚を借りれば周囲の様子を確認するくらいはできるものの、昼間に比べればかなり移動しにくいのは確かだ。

そして、夜には移動しにくい理由がもう一つある。

「く、暗いッス！　夜になるッスよ！」

そう。プラウド・ウルフがビビるのだ。

こいつも元々は野生の魔物として——しかも、森の中ではそこそこ強い魔物として暮らしていたはずだ。

そして一般的に魔物は夜のほうが活発になる。

プラウド・ウルフだけが例外とは考えにくいと思うのだが……。

「お前、夜行性じゃなかったのか……？」

「ん？　もちろん夜行性ッスよ。昼も普通に動いてたッスけど」

「……そのときには、縄張りの外に出たりはしなかったのか？」

「出るッスよ？　たまに縄張りだと食べ物が足りなくなったりするッスし」

どうやら俺がいなかった頃は、夜間に移動をすることもあったようだ。

今のプラウド・ウルフには防具も強化魔法もあるので、当時より強くなっていると思うのだが……。

「何で昔は夜に外に出てたのに、今は怖がるんだ？　プラウド・ウルフも今のほうが強いよな？」

俺の言葉を聞いて、プラウド・ウルフは遠い目をした。

そして、ゆっくりと呟《つぶや》く。

「そうッスね。昔の俺は弱かったッス。でも……昔の俺はそのことを知らなかったッスよ」

「……なるほど。昔は強さに自信があったのか」

「強いドラゴンとか、コカトリスみたいなのを知らなかったッスからね。今思えば、恐ろしいことをしていたッス。いつ野良《のら》ドラゴンが目の前に現れるかも分からないのに、あちこち動き回るなんて……」

普通に森を歩いていてドラゴンに遭遇するようなことはまずない……ん？

そうとも言い切れないか。よく考えてみると俺はこの世界に来た直後、ドラゴンに遭遇している。

初めて『終焉《しゅうえん》の業火』を使ったのもあのときだ。

こう考えてみると、プラウド・ウルフが夜の移動を怖がるのも分からないでもない気がしてきた。

俺の仲間になってから、強い魔物と出会う機会も増えているだろうし。

とはいえ……。

「別に昼でも、ドラゴンに会う可能性は変わらないよな？」

というか夜は視界が狭《せば》まるぶん、ドラゴンに見つかる確率はむしろ下がる気がする。

いくら夜目が利く魔物でも、昼ほど遠くまで見える訳じゃないし。

「そうッスけど……何か暗闇《くらやみ》って怖いじゃないッスか。ほら、何か出てきそうで……」

なるほど。

プラウド・ウルフが夜行性に向いていないということはよく分かった。

夜行性の魔物に昼型生活をさせるのはどうなのかと薄々思っていたのだが、どうやらプラウド・ウルフにとってはこっちのほうがいいようだ。

「分かった。野営にしよう」

「か、感謝ッス！」

俺の言葉に、プラウド・ウルフは露骨にほっとした声で返事をして立ち止まった。

まあ、どうせ睡眠時間は確保したいので、プラウド・ウルフがビビらなくても野営はするのだが。

普段から無理をしていると、いざというときに徹夜ができる日数が少なくなってしまう。

緊急事態以外では、寝られるうちに寝ておけということだ。


そして、プラウド・ウルフ以上に野営が好きなのがスライムたちだ。

何しろ野営地は街での宿泊と違って、周囲が森――つまり葉っぱの宝庫だからな。

何日も滞在する場合と違って好き勝手に食い荒らせるので、野営はスライムたちにとってちょっとしたイベントな訳だが……。


「わかったー……」

「やえいだー!」

「やえいー……」


何だか、スライムたちのテンションが低い気がする。

普段ならスライムたちは、野営と聞くと大喜びなのだが……声のトーンがあきらかに普段より低いのだ。
いつもどおりのスライムも少数いるが、ほとんどの——だいたい8割くらいのスライムたちは、普段より低いテンションに見える。

「……何かあったか？」

「な、なんにもないよー！」

「ふつうだよー！」

ふむ。
どうやら俺に言いたくない理由のようだな。
スライムたちが野営を喜ばない理由というと、思い当たるのは……。

「もしかして、草が美味《おい》しくないとかか？」

「……！」

俺の言葉を聞いて、スライムたちはショックを受けたような顔をしたり、耳（？）を塞《ふさ》いだりしている。

うーん。当たらずとも遠からず、といったところか。

だが考えてみれば……草がまずいだけなら、スライムたちは絶対に野営場所の変更を主張するはずだ。

食べ物に関することでは、スライムたちほど自己主張の強い生き物も珍しい。

このあたりの草がまずいという線に関しては、排除できるだろう。

というか原因が俺に何とかできるものであれば、スライムたちは言ってくるはずだ。

何も言ってこないということは、俺にはどうしようもないことだと見たほうがよさそうだな。

……うーん。

ひとまず様子見といくか。

『感覚共有』を使えば、スライムたちの行動は分かるし。

「テントを出してくれ」

「わかったー……」

スライムは素直に野営道具一式を『スライム収納』から出してくれたが、やはりテンションは低い。

何かに耐えるような表情をしている気がする。

……寝たふりをして、スライムたちの行動を見てみよう。

◇

それから少し後。

俺はテントの中で『感覚共有』を発動し、スライムたちの様子を見ていた。

すると、さっそく普段と違う点が見つかった。

（……警戒網が普段より小さい）

いつもならスライムたちは、俺が言わずとも広範囲に広がって警戒網を形成している。

もちろん敵の警戒というよりは、スライムたちが食料の奪い合いを避けるために散らばるため、自然にできているものなのだが……その警戒網が、あきらかに小さい。

警戒網に加わっているスライムたちはいつもどおりに葉っぱを食べているようだが、参加しているスライムの数が少ない。


今の規模でも安全確保には十分すぎるが、やはり異常だな。

逆に参加していないスライムたちは、一箇所に密集しているようだ。

注目すべきは、この密集しているスライムたちだな。

そう考えて俺は、『感覚共有』の対象を変更した。


すると……スライムたちがひそひそ話をしているのが目に入った。

『感覚共有』の対象にしたスライムとは少し離れているため、内容までは分からないが……ひそひそ話をしているのは確かなようだ。

こんな光景を、どこかで見た覚えがあるような……。

少し考えて俺は、どこで見覚えがあったのかに気付いた。

普段と違う行動をする。

集まってひそひそ話している。

何があったのか聞いても話そうとしない。

この条件に当てはまる行動。
それは——夜逃げだ。

前世で勤めていたブラック企業で、こういった光景は幾度となく見てきた。

会社に不満を抱いている社員のうち一部（不満は社長以外の全員が抱いているはずだが、実際にやめるのは一部だ）が集まり、やめ時の相談をする。

そして予告もなく、一斉に退職届を送りつけてくるのだ。


ただやめるならまだマシなほうで、やめるついでに会社のデータを消したり、顧客情報のデータを引っこ抜いたりする奴らがいるので、それを防ぐのも俺の仕事だった。

正直なところ気持ちはよく分かる……とてもよく分かるのだが、データを消されて被害を受けるのは会社ではなく、それをカバーすることになる社員なのだ。

会社をやめるのはいいが、データを消すのはやめてほしかった……。

と、まあスライムたちがそこまですることはないだろうが、ストライキくらいはするかもしれないし、何か不満があるのなら改善はしたいところだ。

何だかんだでスライムたちには世話になっているしな。

などと考えつつ『感覚共有』の対象を切り替えるうちに、声が聞こえるようになった。

「いい？　絶対……絶対食べちゃダメだよ！」

「わかったー……」

「がまんする！」

俺が『感覚共有』の対象を変更すると、すぐにスライムたちの声が聞こえてきた。

どうやらスライムたちは、葉っぱを食べるのを我慢しているようだ。

理由が気になるところだが……。

「でも、これで果物が美味しくなるのー？」

「なるって、ママが言ってた！」


うん？

何だか、労働問題とは関係がなさそうな雰囲気だな。

果物が美味しくなるって、まさか……。


「ママが……ごはん食べるのをがまんすると、おいしくなるって！」


なるほど。

人間が焼肉の日にやるような「美味しく食べるために、昼ご飯を我慢しておこう」みたいなことをやろうとしているようだ。

どうやら労働環境に不満を抱いていた訳ではなさそうで安心したが……問題が一つある。

ここからバオルザードの領地にたどり着くには、恐らくあと2、3日はかかる。

それまでの間、スライムたちが耐えられるだろうか。

普段の様子を考えると、とてもそうは思えない。

スライムたちの我慢は30分としないうちに崩壊し、周囲の草地は消滅することだろう。

だが驚くべきことに、集まっているスライムたちはすでに野営を始めてから3時間もの間、足元の葉っぱすら食べていない。

今までにはなかったことだ。スライムたちは食べ物のためなら、他の食べ物を我慢できるということだろうか。


（いや、もしかしてこいつら、意外と空腹に強いのか……？）


考えてみれば、スライムたちは野生の魔物だった。

今はすっかり野性を失っているものの、元々は自然界をその身一つで生き抜いてきた……はずだ。

テイムされているスライムならいつでも飯を食えるが、自然界ではそうもいかない。

自分より強い魔物などいくらでもいる……というかスライムより弱い魔物なんてめったにいないし、そういった外敵を避けながら食事をしなければならないことを考えれば、食事のタイミングは限られるだろう。

そう考えると、生き残ってきたスライムたちは意外と空腹に耐えられるのかもしれない。

まあ、スライムの限界については俺よりスライムたち自身のほうが詳しいだろう。

しばらくの間、見守ることにするか。

もしＨＰが減り始めたら、無理矢理にでも食わせるつもりだが。

◇

翌日。

寝ぼけたスライムが他のスライムを食おうとしていた（もちろんスライムは攻撃力より防御力のほうが高いため、被害はなかった）以外は大した事件もなく出発した俺は、襲撃してきた魔物を倒したのだが……そのとき事件は起きた。

「まものだー！」

「ごはんだー！」

今まで葉っぱを食べていなかったスライムたちが、倒した魔物に群がったのだ。
魔物が食い尽くされるまでに、30秒とかからなかった。
我慢はいったいどこにいったのだろうか……？

「おい、食わないんじゃなかったのか？」

思わずツッコミを入れると、スライムが振り向いた。
どうやら言いたいことがあるようだ。

「ゆーじ、知ってたのー⁉」

「でもねー……これは違うんだよ！　よく見て……！」

「何が違うんだ？」

俺が問うと、スライムたちは骨だけになった魔物を指し――キリッとした表情で告げた。

「葉っぱじゃないから、セーフ！」

「骨だけだから、セーフ！」

何だその『ドーナツには穴があるから0カロリー』みたいな理論は。

葉っぱじゃないからセーフは百歩譲ってわかるとして、骨だけになったのは食ったからだよな……？

何となく先が読めてきた気がするが、まあ当分は見守ることにするか。

恐らく、スライムたちがお腹《なか》を空かせたままになることはないだろう。

◇

3日目。

バオルザードの領地がだいぶ近くなってきた。

この調子でいけば、明日には到着できるだろう。

連日の移動にもかかわらず一切《いっさい》スピードが落ちないあたり、やはりプラウド・ウルフは優秀な魔物なのかもしれない。

一方、スライムのほうはというと……。

「よし、このへんで野営にするか」

「やったー！」

「やえいだー！」

俺の言葉を聞いて、スライムたちが快哉《かいさい》を叫んだ。

そしてスライムたちは断食を始める前と同じように、楽しそうにあちこちへと散らばっていく。

どうやら、我慢は諦《あきら》めたようだ。

「断食はやめたみたいだな」

少しほっとしつつ、俺は近くにいるスライムにそう呟く。

すると……驚くべき答えが返ってきた。

「やめてないよ！」

断食をやめていない……？

一体どういうことだ？

どのスライムに『感覚共有』しても、葉っぱを食っているようにしか見えないのだが……。

百歩譲って魔物はＯＫだということにしても、今彼らが食べているのは普段どおりの葉っぱだ。

となると、魔物を食べていたときの屁理屈《へりくつ》から考えると……。

「もしかして、葉っぱも食べていいってことにしたのか？」

「ううんー！　葉っぱはダメだよー！」

「じゃあ、さっき食べてたのは何なんだ……？」

俺はそう言って、先程スライムが食べていた植物の根を指す。
そう、根だ。もう葉っぱは残っていない。
言い訳のしようもないだろう。

「これは違うんだよ！　よく見て……！」

先日と同じセリフだ。
だが今回は、本当に違いが分からない。
スライムたちが食べているのは、どう見ても葉っぱだ。

俺が疑問に思っていると、スライムは草が生えている場所に移動した。
そして1本の草をむしり——俺に向かって宣言する。

「これは、はっぱ」

続いてスライムは、地面に生えた草をむしらずに指し、呟いた。

「これは、くさ！」

いや、違わないだろ。
地面に生えてたら草で、むしったら葉っぱなのか……？
そんな定義は聞いたこともないが、どうやらスライムたちにとってはそうらしい。

「ちゃんとみんなで決めたんだよ！」

どうやらスライムたちは、会議によってこの規則を決めたようだ。
草と葉っぱは別……何だか法律やら税金やらの関係で偉い人たちがこねる屁理屈と似ている気がする。
法の抜け穴というのは、こうしてできていくのか。

「だから、これは大丈夫！」

そう言ってスライムは、先程『葉っぱ』と言っていたほうを口に放り込んだ。

それはルール違反ではないだろうか。

草ならＯＫと言っていたのは一体何だったんだ。


「そ、そうか……」


まあ突っ込んでも仕方がないだろう。

恐らく、新たに変なルールが決まって葉っぱもＯＫということになるだけだ。

いずれにしろ、特に問題が起きなくて一安心といったところか。

これでバオルザードの領地に果物がなかったりしたら大変だが……そうならないことを祈っておこう。

翌日。

俺《おれ》たちは鉱山を離れて、バオルザードの領地からほど近い街、バオザリアへと到着した。

バオザリア自体はごく一般的な街だと、バオルザードから聞いていたのだが……。


「……これが、普通……?」


街に入ってすぐ、俺はそう呟《つぶや》いた。

何しろ街の中は、あちこちで酒盛りやら宴《うたげ》やらが開かれており、まるで祭りのような有様《ありさま》だったからだ。


というかこれ、普通に祭りな気がする。

いくら何でも、これが普段の様子だとは思えないし。

どうやら、随分特殊なタイミングで来てしまったようだ。

これは……宿がとれないかもしれないな。

そう考えていると……一人の酔っぱらいが、肩を組んできた。

「おう、一人で突っ立ってねえで、こっち来て一緒に飲もうぜ！　今日は店主のオゴリだ！」

「……祭りみたいな様子だが、何かあったのか？」

「知らねえのか？　……バオルザード様が帰って来たんだよ！　こんなにめでたい日が他にあるかってんだ！」

なるほど。

随分タイミングのいい祭りだと思ったら、バオルザードの帰還を祝っていたのか。

話を聞く限り、バオルザードは竜として恐れられているというよりは、守り神として信仰されているような感じだな。

『バオルザードって、崇《あが》められてたんだな……』

『前に少し助けてやってから、貢《みつ》ぎ物などを持ってくるようになったのだ』

『なるほど、それで信仰されてたのか』

『うむ。貢ぎ物のぶんくらいは働こうと、魔物が大発生した際などには助けてやっているがな』

どうやらバオルザードは、住民たちと共生関係のようなものを築いていたようだ。

ドラゴンというと、出会うなり攻撃を仕掛けてくるような奴らだと思っていたのだが……こういう竜もいるんだな。

今までに戦ってきた竜は、話など通じない雰囲気だったので、恐らく竜の中にも色々いるのだろう。

などと考えつつ街の中を歩いていると……スライムたちが騒ぎ始めた。

『果物、どこー⁉』

『あの果物、ないよー！』

俺が街の中を偵察する間、スライムたちは街のあちこちに散らばって、目当ての果物を探していたのだ。

街は祭りの最中だとはいっても、店などは普通に開いている。

近くに果物のなる森があるのなら、果物店の1軒や2軒くらいあってもおかしくはないと思ったのだが……どうやら、1軒も見つからなかったようだ。

スライムたちはこれ以上ないくらい真剣に……それはもう、美味《おい》しい野菜を食い荒らされた魔物を討伐《とうばつ》するときと同じくらい真剣に店を探していたので、それで見つからなかったということは……本当にないのだろう。

となると、可能性があるのは青果店あたりだろうか。

そう考えて俺は、近くの店で尋ねてみることにした。

「なあ。果物って売ってないか？」

「果物……時期によっては売ってるが、今はないな。どんな果物だ？」

「こんな果物だ」

そう言って俺は、『念写』で作った果物の絵を差し出した。

絵を見て、店主は顔をしかめた。

「あー。これは竜神様の山にある果物だな。街中《まちなか》じゃ売ってないはずだぜ」

どうやら、買って調達という訳にはいかないようだ。

まあスライムたちを山に送り込めば、勝手に採ってきてくれるだろう。

そう考えていると、スライムたちの声が聞こえた。

『売ってないってー！』

『えー！　じゃあ、採りに行く！』

『採りに行くぞー！』

どうやら俺が指示を出す前から、勝手に果物を採りに向かっているようだ。

問題は、山から勝手に果物を採ってきても大丈夫かだが……。

「果物って、勝手に採って大丈夫か？」

「いや、山にある果物は竜神様のものだ。数まで確認して守ってるから、採ったらすぐにバレるぜ」

数まで確認って……すごい警備態勢だな。

普通そこまでするか……？

「バオル……竜神様が、果物を守ってるのか？」

「いや、守ってるのは街の住民だ。竜神様がお命じになった訳ではないが、果物は竜神様が食べる動物の餌《えさ》になる。それを人間が奪う訳にはいかないだろう」

なるほど、自主的に守っているという訳か。

果物を守っているのがバオルザードの指示でないのなら、直接許可を取って果物狩りをさせてもらうのも難しそうだ。

スライムたちがこっそり山に入って採ってくれれば、見つかることはないだろうが……。

あいつらの数と食欲を考えると、山の中にある果物は全滅に近い状況に追い込まれるはずだ。

そうなれば、絶対にバレる。

『待ってくれ、果物採りは中止だ』

『えー！』

『果物、食べれないのー⁉』

俺がやめるように言うと、すぐに抗議の声が返ってきた。

そしてスライムたちは、山へ向かう足を止めようとしない。

テイマーのスキルを使えば、無理やり止めることもできそうだが……。

それはそれで、少し可哀想《かわいそう》な気もする。

ちょっと聞いてみるか。

『バオルザード、お前の領域に果物を採りに入りたいんだが……何とかならないか？』

『果物のことか？　それなら、勝手に入って採ればいいだろう。ユージとスライムたちは、私の命の恩人だ。たとえ全《すべ》て食い尽くしたところで、文句を言うつもりなどないぞ』

『……いいのか？』

『ああ。そもそも我は、果物を守れなどと言った覚えはないからな。果物を食って育った動物も、草を食って育った動物も、味など変わらんだろう』

なるほど。

バオルザード的には、何の問題もないようだな。

問題はそのことを、どう住民たちに納得してもらうかだが。

『バオルザードが許しても、住民たちが許してくれるとは限らないんだよな……』

『ふむ……確かにそうか』

森から果物が消えたとなれば、真っ先に俺が疑われそうだ。

何しろ俺が大量のスライムを飼い馴《な》らしていることは、ギルドも知っている情報なのだから。

その上、最近この街に現れたよそ者というだけで、容疑者はかなり絞られるだろうし。

『分かった。何とかしよう』

その言葉とともに……近くにあった山から、轟音《ごうおん》が聞こえた。

山のほうを見ると、バオルザードが飛んでくるのが見える。

「竜神様だ！」

「竜神様がいらっしゃったぞ！」

「魔物の襲撃があったとき以外で、竜神様が街に来られるなんて……こんなこと、今まであったか？」

バオルザードが飛んでくるのを見て、街の中は大騒ぎになった。

青果店の店主も、その辺で酒盛りをしていた人々も、全員が竜神様のほうを見てひれ伏し始めている。

これは……俺も同じようにしたほうがいいのだろうか？

そう考えていると、バオルザードの声が聞こえた。

「聞こえるか、街の者らよ」

「もちろんでございます、竜神様！」

バオルザードの声に答えたのは、身なりのいい男だった。

恐らく、領主か何かだろう。

っていうか……バオルザード、人間の言葉も話せるんだな。

「我の帰還を祝ってくれたこと、嬉《うれ》しく思う。……祝いついでに、もう一つ頼んでよいか？」

「きょ、恐悦至極《きょうえつしごく》です！　竜神様のお役に立てるのなら、これ以上の光栄はありません。何なりとお申し付けください！」

男はバオルザードの言葉を聞いて、飛び上がらんばかりに喜んだ様子でそう答えた。

どうやらバオルザードは、本当に崇拝されているようだ。

「この街に、スライムを連れた青年がいるだろう？」

平伏した領主に、バオルザードがそう尋ねた。

すると……街の中が、一気に慌《あわ》ただしくなった。

「スライムを連れた青年……？」

「初めて聞く話だ。どこにいるんだ？」

「竜神様のご命令だぞ！　急いで探せ！」

そう言って住民たちが、『スライムを連れた青年』とやらを探し始める。

そんなもの、恐らくこの街には一人しかいないが。

「いたぞ！　あいつだ！」

「取り囲め！」

俺の近くにいた住民たちが、一斉に俺のほうを指す。

すると、間もなく住民たちが周囲に集まり始めた。

「まさか……竜神様がいなくなったのは、こいつの仕業《しわざ》か？」

「許せねえ……竜神様、ご命令を！」

どうやら住民たちは、バオルザードが犯人探しを始めたと勘違いしたようだ。

バオルザードが『殺せ』とでも告げた日には、すぐにでも総攻撃が飛んでくるだろう。

『おい……何とかしてくれとは言ったが、これはあんまりじゃないか？』

テイマースキル『魔物意思疎通《そつう》』を介して、俺はバオルザードに文句をつける。

果物を採る許可をもらうだけで、なぜこんな包囲網に取り囲まれなければならないのか。

『すまん。まさか探せと言っただけで、ここまでの騒ぎになるとは思わなかったのだ。私はただ『そいつが果物を採りに来るから、見つけても捕まえないでくれ』と言うだけのつもりだったのだが……』

どうやらバオルザード自身も、自分の影響力を把握しきれていなかったようだ。

予想外の騒ぎになってしまって、困惑しているみたいだな……。

『この状況、どうするんだ……？』

『あー……とりあえず、適当に対処するとしよう』

そう言ってバオルザードが、また口を開く。
今度こそ、この混乱した状況を何とかしてくれるといいのだが。

「待て。その者……ユージは我が友人だ。攻撃を加えることは許さん」

「ご、ご友人ですと……？」

バオルザードの声を聞いて、領主がうろたえる。
それから領主は、俺に向かって膝《ひざ》をついた。

「と、とんだ失礼をいたしました！　竜神様のご友人とはつゆ知らず……」

それに従って他の住民たちも包囲を解き、俺に謝り始めた。
どうやら誤解は解けたようだが……またもや、やりすぎな気がする。

「い……いや、気にしないでくれ」

「これ以降、我が友人ユージおよびその飼いスライムが、果物を採りに我が領地へ立ち入ることがあるだろう。頼みというのは、それを妨害しないでほしい……ということだ」

「しょ、承知いたしました。しかし、この方がご友人というのは一体……」

これで、スライムたちが果物を食べても問題なさそうだな。
果物をお預けにされたスライムたちがそろそろ暴《あば》れ出しそうだし、許可を出しておくとするか。

『……果物、食べて大丈夫そうだぞ』

『やったー！』

『食べるー！』

許可が出るなり、スライムたちは森の果物に向かって猛然と突進し始めた。
恐らく明日には、1個残らず食い尽くされていることだろう。

単純な許可を取るために、随分と遠回りをしてしまった気がする。
何というか、街で暮らしにくくなりそうだ。

「詳細は省くが……我が今ここにいられるのは、ユージのおかげなのだ。ユージ自身も、その気になればこの街を一瞬で滅ぼせる力を持っている。危害を加えないよう忠告しておく」

さらにバオルザードが、余計なことを言い始めた。
配慮のつもりなのかもしれないが、余計なお世話この上ない。

『おい、今の発言はいらなかっただろ……』

『そうか？　立場を明確にしておいたほうが、過ごしやすいのではないかと思ったのだが……』

そう話している間にも、領主たちは俺に謝り倒したり、お詫《わ》びの品がどうとか言い始めた。

バオルザードの領地に行くための拠点としてこの街を使おうと思っていたのに、これでは過ごしにくいに決まっている。

さて……この状況、どうするべきだろうか。

第八章

chapter 08

Tensei Kenja no Isekai life

「……とりあえず、抜け出すか」


バオルザードに余計なことを言われてから少し後。

俺《おれ》は何とか領民たちの目を盗んで、バオザリアから抜け出す方法を考えていた。


街から抜け出すのは簡単ではない。

何しろバオルザードのせいで、領民のほとんどに顔を知られてしまったのだ。

堂々と街の門から出ようとしたりすれば、それはそれで面倒なことになるに決まっている。


俺の隠密魔法はテイマー向けのものがほとんどなので、俺自身に使うとなると効果が落ちる。

少なくともスライムのように、人の目の前を素どおりしてもばれない……といったレベルの隠密行動は無理だ。

その上で、使えそうな脱出経路となると……。

「あれか」
俺が目を向けたのは、街の中に流れている川だ。
道には大勢の人がいて当然だが、川まで観察するようなことは普通しない。
『先に行ってくれ。道を作りたい』
『分かったー！』
俺はまず、スライムのうち数匹を川に送り込んだ。
そして、川岸を通れなさそうな場所をあらかじめ見つけ――。
『魔法転送――範囲凍結・中！』
川の表面を凍らせることで、足場を確保しておく。
こうすることによって、街の外まで一直線に駆け抜けられるという訳だ。

なぜこんな逃亡者のような真似《まね》をしているのかは微妙に納得いかないが……これが一番面倒がない気がする。

などと考えつつ俺は凍らせた川を駆け抜け、街の外へと抜け出した。

まあ、街に戻ったときにまた何か騒ぎが起きるかもしれないが、それはそのときに考えることにしよう。

問題の先送りは、ブラック企業戦士にとっての必須スキルだ。

今の俺が何とかできないことでも、3時間後の俺が何とかしてくれる。

今日の俺が手に負えない問題も、明日の俺が何とかしてくれる……かもしれない。

そう信じることこそ、生き残る秘訣《ひけつ》だ。

◇

『ゆーじー！』

ちょうど街から抜け出した頃、スライムの声が聞こえた。
声の調子からして、何か問題が起こった雰囲気だな。

『どうした？』

『くだものが、たべられてる！』

『とられたー！』

どうやら恐れていたことが起こってしまったようだ。
問題は、どのくらい食べられているかだが……。

『……果物は残ってないのか？』

『のこってるー！』

『でも、減っちゃった！』

どうやら、まだ残っているようだな。

根こそぎ食い尽くされたという訳ではなさそうだ。

考えてみると、森にはスライム以外の魔物だっていくらでもいるし、果物が食い荒らされることには何の不思議もない。

何の不思議もないのだが、しかしスライムたちに狙《ねら》われた果物を食い荒らすとは、命知らずな魔物もいたものだ。

そんなことをすれば当然……。


『やっつけよう！』

『やっつける！』


まあ、そうなるよな。

魔物に早食い競争を挑むより、まずはライバルを全滅させてから独り占めしたほうが、たくさん果物を食べられるという訳だ。

しかし、よその森に遠征して果物を食い荒らした挙句《あげく》に元々いた魔物たちを駆逐するなど、侵略的外来種もいいところだな。

意思疎通《そつう》ができそうな魔物がいれば、テイムも選択肢に入るのだが……ほとんどの魔物は人間を見つけても襲いかかってくるだけだ。

放っておくと被害があるからこそ、わざわざ冒険者に金を出して討伐《とうばつ》依頼を出しているのだし。

「依頼は……受けなくていいか」

せっかくなら依頼を受けておこうかと思ったが、もう一度街に戻るとまた面倒事がありそうなので、今回は依頼なしで倒していくことにする。

とはいえ、スライムたちを放っておくと、関係のない魔物まで探し出して1匹残らず駆逐してしまうだろう。

そうなると地元の冒険者が困ったり、バオルザードの食料が不足したりしそうなので、犯人候補は絞り込んでおくか。

まだ果物が食い荒らされる現場を押さえられていないようなので、他に犯人を知っていそうな者となると……この山の主、バオルザードだろうな。
スライムたちは魔物探しで忙しいようなので、こっちで聞いておこう。

『バオルザード、聞こえるか？』

俺は『感覚共有』を介して、バオルザードと連絡を取った。
すると、すぐに返事が返ってくる。

『ああ。何やら森が騒がしいようだが……何かあったか？』

『スライムたちが、果物を食い荒らされたって騒いでるんだ。このまま犯人が分からないと森の魔物が全滅することになりそうだが……誰《だれ》が食ったのか知らないか？』

うーん。
我ながらひどい質問だ。
疑わしきは罰せよって感じだな。

『ああ。それなら全滅させてもらって構わんぞ。どの魔物が食ったかは分からんが、全滅させれば問題あるまい』

ひどい回答が来た。
スライムと気が合いそうだ。

『ゆーじー！　魔物みつけたー！』

『やっつけてー！』

バオルザードと話していると、さっそくスライムたちからの支援要請が来た。
山の主も全滅に同意しているので、とりあえず全部倒すことにするか。
最初のターゲットは――熊の魔物のようだな。

『魔法転送――火球！』

俺が転送した魔法は熊の魔物に向かって真《ま》っ直《す》ぐ飛んでいく。
魔物は直前で気付いて回避しようとしたが、着弾と同時に起こる爆発《ばくはつ》までは避けきれなかったようだ。
熊の魔物が吹き飛ばされ、地面に横たわった。

『1匹たおしたぞー!』

『次の、探しにいく!』

『ぼくたちは、こっち!』

スライムたちは魔物を倒したのを確認するや、次の獲物を探して散らばっていった。
食べ物がかかっているだけあって、警戒網に穴がない。
この調子でいけばスライムはあっという間に山にいる魔物を探し出し、1匹残らず絶滅させることだろう。

『バオルザード、本当に全滅でいいのか……? あいつらはマジでやるぞ……?』

『構わん。そもそも我が領域にいた魔物は、すでにほぼ全滅したからな。今いるのはよそ者ばかりだ』

『……そうなのか？』

『ああ。ここ1ヶ月ほどのところ、どこから来たのか分からん魔物が急に増えてな。我が好んで食べていた魔物は、ほとんど駆逐されてしまった』

なるほど。

侵略的外来種はスライムたちだけではなかったという訳か。

元々いた魔物を滅ぼした魔物が、今度はスライムたちによって滅ぼされる……。

これが異世界の食物連鎖か。

『新しく来た魔物、バオルザードは食わないのか？』

『一度試してみたが、臭《くさ》みが強くて我の口には合わなかった。……我らは1年くらい食事をとらなかったところで死にはしない。いっそ一度全《すべ》て滅ぼしてもらったほうが、生態系がもとに戻るのも早いだろうよ』

ドラゴンって、1年も食事なしで生きられるのか……。
これは心置きなく殲滅《せんめつ》できそうだな。

『ゆーじー！　魔物みつけたー！』

『こっちもー！』

などと話しているうちに、次々と魔物の居場所に関する情報が集まってくる。
魔物が全滅するのも時間の問題だな。

しかし……森の生態系が急に変わったのはすこし気になるな。
1匹や2匹程度ならともかく、森に元々いた魔物を滅ぼすレベルでよそ者が増えたとなると……何か他に理由がある気がする。
バオルザードの領地に何かいいものがあるのか、その逆——彼らが元々住んでいた場所に異変が起きたか。

そのあたりに関しても、機会があれば探ってみることにするか。

そんなことを考えつつ、俺はスライムから次々に発される救援要請を聞き、魔法転送を続けていった。

◇

それから数時間後。

『おいしいー！』

『やっぱり、おいしいー！』

スライムたちは無事に外来種たちの殲滅を終え、果物を食べていた。

広い森だけあって、全員分くらいの数は残っていたようで、あまり喧嘩《けんか》にならずに何よりだ。

『それ、ぼくの！』

『ぼくのだよー！』

……まあ、全く喧嘩がないという訳ではなさそうだが。

他のスライムたちが一つの果物を取り合う中、死角になっている場所の果物を集めて回るスライムなんかもいるようだ。賢いな……。

『やっぱり、がまんすると美味《おい》しいんだねー！』

『ママがいってたの、本当だった！』

いや、我慢はしてなかっただろ。

などと釈然としない気持ちを抱えつつも俺は、スライムたちの様子を眺める。

膨大な数のスライムが一斉に食っただけあって、森にあった果物はあっという間にほぼ全滅した。

スライムたちは草だけでは飽き足らず、木の葉にまで手を出しているようだ。

何というか、平和な光景だな。


だがこの平和は、いつまでも続く訳ではない。

バオルザードの話が正しければ、強い力を持つドラゴンが復活する日はすぐそこまで来ているのだ。

戦いのためにできる準備は全てやっているつもりだったが……スライムたちによる魔物狩りの様子を見ているうちに、一つまだできることがあることに気付いた。


集団行動の訓練だ。

スライムたちが魔物を殲滅するとき、とても真剣に警戒網を広げていたが……所詮《しょせん》はスライムの移動速度なので、陣形を広げる速度には限界があった。

魔物防具を装備しているスライムは比較的速いが、スライムのうち99%以上は何も装備していないからな。

プラウド・ウルフやスラバードによる輸送も、陣形全体をカバーできるというほどではないし。

陣形を広げるのに時間がかかるのはまだいい。

そこまで急いで広げる必要のある状況はあまりないし、必要な場所にスライムを送り込むくらいならプラウド・ウルフやスラバードの手を借りればいいからな。


だが問題は、陣形をたたむときだ。

広範囲にわたる陣形は基本的に、防御にはあまり向かない。

スライムのうち一部を守ろうとすると他のスライムを狙われることになりがちだし、ドラゴンのように広範囲攻撃が可能な魔物が相手の場合、全員を守るには凄《すさ》まじい数の防御魔法が必要になる。


最悪の場合は『絶界隔離の封殺陣《ふうさつじん》』などを使うことになるが、いくら頑丈な結界でも中に魔物が入り込んでしまえば無意味だ。

1万匹ものスライムだけを中に入れて、魔物だけを締め出すように結界を張る……というのはなかなか難しい。

地面が平坦《へいたん》なら高さ50センチくらいのところに結界を張れば済む話だが、そんな場所で戦えることはなかなかないからな。

だがスライムが一箇所に密集したり、合体したりしていれば、守るのも簡単だ。

密集地帯をまとめて囲むように1万枚の結界を張れば、スライムを1匹ずつ守った場合に比べて1万倍もの防御力が得られる。

ドラゴンとの戦いでスライムを守るためには、攻撃のために展開した陣形をすばやくたたむのが大切になる訳だ。

ということで、スライムたちが食事を終えたところで、ちょっとした訓練をやってみるか。

そこまで劇的な差にはならないかもしれないが、少しはスライムたちの安全確保の役に立ちそうだし。

◇

『みんな、食べ終わったか？』

『たべたよー！』

『おなかいっぱいー！』

俺がスライムたちに声をかけると、満足げな返事が返ってきた。
これなら訓練ができそうだな。

『よし。じゃあ今から、ちょっとした練習をしよう』

『れんしゅうー？』

『なんのれんしゅうー？』

『集合の練習だ。危ないときに、すぐ集まれるようにな』

『なんでー？』

『危ないと、集まるのー？』

スライムたちはピンときていないようだ。

まあ、気持ちはよく分かる。

俺も小学生のときには、避難訓練の意味なんてよく分かっていなかったし。

校庭に集まって、校長の長い話を聞かされて……。

考えるだけで退屈だ。

ブラック企業の朝礼に比べれば100倍マシだが。

さて、どう言えばスライムたちに必要性を分かってもらえるだろうか。

無理やりやらせるのは可哀想《かわいそう》だし、それ以上に無意味だ。

真面目《まじめ》にやってもらえるようにとなると……。

『ドラゴンと戦ってるのを想像してみてくれ。前に戦ったドラゴンはあまり狙って攻撃を仕掛けてこなかったが……ドラゴンがお前たちを狙ってきたらどうなる?』

『『こわいー!』』

『でも、ゆーじがたすけてくれるー!』

お、ほしかった答えが出てきたな。

うまくいきそうだ。

『ああ。もちろん守る。だが……ドラゴン相手だと、結界魔法では守りきれないことがある。そのときは……どうしたらいいと思う？』

『もっと強い結界をつかうー！』

『そうだ。でも強い結界を全員分張るのは無理だ。そしたら、どうしたらいい？』

『えっと……合体して、みんなで守ってもらう？』

……何だか小学校の先生をやっている気分だ。

スライム小学校の生徒たちは（食べ物関係以外では）いい子ばかりなので、先生はとても助かっている。

『正解だ。でも集まるまでに時間がかかったら、攻撃が来るまでに間に合わない。……だから、必要なときに素早く集まる練習をする訳だ』

『『わかったー！』』

『よし。じゃあ今から1回目をやるぞ。全員、できるだけ早く一箇所に集まってくれ』

『『うんー！』』

『プラウド・ウルフとスラバードも、集合を手伝ってやってくれ』

『わかったー！』

『了解ッス！』

スライムたちは元気よく返事をして、各々《おのおの》動き出した。

全員、真っ直ぐ俺のほうに向かって進んでいるようだ。

俺もスライムたちの移動速度を上げるような魔法を使って、スライムたちの援護をする。

しかし、スライムたちは決して速いとはいえないな。

プラウド・ウルフも頑張っているようだが、さすがにスライムの数が多すぎて全体に及《およ》ぼせる影響は小さいようだ。

まあ、最初はこれでいい。

改善をするためにはまず、課題点を洗い出す必要があるからな。

◇

『……集合するまでに10分かかったな』

スライムたちが動き始めてからおよそ10分後。

集まって1匹に合体したスライムに向かって、俺はそう告げた。

何だか小学校の校長先生みたいな台詞《せりふ》だ。まさに避難訓練だ。

『ドラゴンがお前たちを攻撃対象にしてから防御態勢を取るまでに10分もかかって、間に合うと思うか？』

『『『間に合わないー！』』』

『その通りだ。他の魔法で何とか時間を稼ぐにしても……せいぜい30秒だろうな。防御態勢はそれまでに整えなきゃならない』

『でも、むりだよー！』

ふむ。無理か。
前の会社なら根性論で何とかするところだが、俺はそういう方針ではない。できることからやろう。

『そう。無理だ。……だから逆に考えよう。30秒で集まれるだけ集まるんだ』

『集まれるだけー？』

『ああ。スライムが100匹ずつ合体すれば、張る結界の数は100分の1で済むから……単純計算で100倍強い結界を使えることになる。それなら結構守れそうじゃないか？』

『守れそうー！』

『じゃあ、その方針で練習してみよう。移動するときから、どこに集合するか考えながら動くんだ』

『わかったー！』

そう言ってスライムたちが散らばっていくのを見つつ、俺は指示を出していく。

再集合するときのコツは、100匹ずつの群れの中心となるスライムをあらかじめ決めておくことだ。

そうしないとスライムたちはどこに行っていいか分からず、右往左往することになるからな。

まごまごしていると、30秒などあっという間に経《た》ってしまう。

◇

それからおよそ1時間後。

『よし、集合！』

『『わかったー！』』

俺の言葉とともに、スライムたちが一斉に集合を始める。
そして30秒どころか10秒とたたないうちに、スライムは１００匹ずつ合体し終わり、高らかに宣言する。

『『あつまったー！』』

これが練習の成果だ。
とはいっても、スライムが10秒で動ける範囲には限界がある。
そこでスライムたちには、『中心となるスライムから10秒でいける範囲』だけで散らばってもらったのだ。

今まではだいぶ違うというか、偏《かたよ》った感じの陣形になったが……実はこれで問題ない。

戦闘のときにスライムが散らばる理由は、攻撃力の確保だ。

スライムがあちこちにいれば、どこにいる敵にでも最短距離で魔法を放つことができるし、多くのスライムにまとめて魔法転送することで攻撃力を上げることもできる。

だが空を飛ぶドラゴンが相手なら、地上での距離は極端に離れていなければ問題がない。

いざというときに並列で魔法転送できるようにしておく必要はあるが、その目的なら10秒で移動できる程度の範囲にスライムが密集していてもいいという訳だ。

『練習は終わりだ。よくやった！』

『『やったー！』』

俺は成果を喜びながら、練習の終了を宣言した。

今日の訓練は、厳しい戦いでもスライムの安全に役立ってくれるだろう。

今のところ、俺がテイムしているスライムは1匹も死んでいない。

この記録を維持できるように、できる限りのことをやろうじゃないか。

◇

翌日。

街での騒動を何とか収めた俺は、バオルザードの領地に向かうべく、街を出ていた。

結局街からのお詫《わ》びは、街で一番いい宿の無料宿泊と、スライムたちの食べ物（あっという間に果物を食い尽くし、まだ食べたいなどと言い出した）ということになった。

居心地が悪かったのは確かだが、バオルザードが『見世物ではないのだから、ユージの周りに集まるな』と命令してくれてからは、だいぶ過ごしやすくなった気がする。


『山はどんな感じだ？』


プラウド・ウルフに乗りながら、俺はそう尋ねた。

バオルザードの領地は、竜が復活する場所の近くだという話だ。

『今のところ、異変は見当たらない。普段と違うことといえば……領地の植物が、やけに少ないことくらいだな』

それ、スライムのせいだよな……？
スライムたちは、いつもこんなに食うという訳ではないのだが……一度食欲に火がつくと、手のつけようがなくなりがちなのだ。

『……食いすぎだったら言ってくれ。対処法を考える』

『いや、山に生えている草木が多少減ったところで問題はない。……『赤き先触《さきぶ》れの竜』に比べれば、誤差のようなものだ』

赤き先触れの竜か。
俺がここに来たのは元々、その竜に関する情報を知るためだ。
もし『救済の蒼月《そうげつ》』が言っていることが正しければ、復活が近いはずなのだが……連中が言っていることが正しいとは限らない。

『異変がないのなら、復活は遠いのかもしれないな』

『いや、奴《やつ》の気配はかすかに感じる。恐らく、復活は遠くないだろう』

『そうか……』

できれば、復活しないでほしかったのだが。

勝てる相手以外とは、戦いたくないし。

そんなことを考えながら俺は、スライムたちに食い荒らされた森を登っていった。

それから少し後。

俺《おれ》は何事もなく、バオルザードのもとへとたどり着いていた。

『ここがバオルザードの領地か』

バオルザードは、このあたりで2番めに高い山の山頂にいた。

視界を遮《さえぎ》る木々の葉っぱはスライムたちに食い尽くされたため、なかなか見晴らしがよくなっているようだ。

『ああ。ユージのおかげで帰って来ることができた。……感謝する』

そう言ってバオルザードが、俺に頭を下げる。

だが……その表情は、どことなく浮かないように見えた。

テイマーとして経験を積んだおかげか、魔物の表情が何となく分かるようになったのだ。

『しかし……これは、今日復活するかもしれんな……』

それから少し経《た》ったところで、バオルザードがそう呟《つぶや》いた。

気になっていたのは、そのことだろうか。

『何も感じないんだが……何でそう思うんだ？』

『古傷がうずくのだよ。昔、レリオールを失った戦いで受けた傷がな』

そう言ってバオルザードは、体についた古傷を見せる。

脱出の際、回復魔法をかけたはずなのだが……回復魔法は、すでに治った古傷には効かないのかもしれないな。

『その傷をつけたのって『赤き先触《さきぶ》れの竜』だったのか？』

『いや、この傷を受けた戦いの相手は『蒼《あお》の竜』と呼ばれる、強力な水の魔力を持った竜だ』

『初めて聞く名前だな』

『知らないのは無理もない。『赤き先触れの竜』に比べれば格下の竜だからな。……それでも、3日で大陸を滅ぼした訳だがな』

3日で大陸を滅ぼす竜か……。

確か、空を覆《おお》う暗闇《くらやみ》とともに成長した『デライトの青い竜』も、完全成長してから3日で大陸を滅ぼしたって話だったな。

それ以外には、大陸を滅ぼした竜の話など聞いたことがない。

『暗闇とともに成長する竜じゃなければ、俺が知らない竜だな』

『なぜ知っている？』

俺の言葉を聞いて、バオルザードは驚いた顔をした。

もしかして、俺が成長の途中で倒したあの竜は『蒼の竜』の親戚だったのだろうか。

『昔、そういう竜と戦ったことがあるんだ。成長途中だったけどな』

『成長途中だと⁉　我らが戦ったのは大陸を滅ぼした後の『蒼の竜』だ。アレを成長途中で倒せる者など、存在するのか？』

『……成長途中のほうが、弱いんじゃないのか？』

デライトの青い竜は時間とともに周囲の魔力を吸収して大きくなり、急速に強くなっていく。
そう聞いたからこそ俺は、急いであの竜を倒したのだが。
などと考えていると……バオルザードが言った。

『確かに成長途中は、完全成長後の万全の状態に比べればマシだ。だが、倒せるようなものだとも思えん』

『じゃあ、どうやって倒したんだ？　生まれた直後か？』

『いや『蒼の竜』が最も弱くなるタイミングは、力を使い果たした後だ。我々は大陸を一つ犠牲にし、奴《やつ》が力を使い果たすのを待って戦いに挑んだのだよ』

なるほど。

竜にも、力を使い果たすことがあるんだな。

確かに……前に戦った『デライトの青い竜』は、燃費の悪そうな戦い方をしていた。

あのエネルギーは、無限に湧《わ》いてくるという訳ではないのだろう。

『今回もそうすべきか？』

俺はまだこの世界に来たばかりだ。

だが、この大陸にはかなりの知り合いができたし、美味《うま》い店もある。

できれば、滅んでほしくはないのだが……。

そう考えていると、バオルザードが答えた。

『いや、同じ方法は使えないはずだ』

『……そうなのか？』

『ああ。先程も言ったとおり『赤き先触れの竜』は『蒼の竜』より格上……奴が力を使い果たすより、大陸が全《すべ》て滅びるほうが早いだろうよ』

なるほど。

格下の『蒼の竜』だから大陸一つで済んだって訳か。

ちょっとホッとしたような気もするな。

やっぱり、この大陸も見捨てたくはなかったし。

しかし……それはつまり、敵が強いということでもある。

『生まれたての『赤き先触れの竜』って、どのくらい強いんだ？』

『赤き先触れの竜の力は……実のところ、分かっていない』

『分かっていない？』

『ああ。一つ分かることは、前にあった文明は『赤き先触れの竜』と『黒き破滅の竜』によって滅ぼされ、その結果として今の文明があるということだ。……我が生まれる前の話だから、詳しい事情までは知らんがな』

この世界って、もう一度滅んだ後だったのか……。

となると、シュタイル司祭が語っていた神話の中身とかは、滅ぶ前の史実なのかもしれないな。

『……分かってないってのは、記録がもう残ってないからか？』

『そういうことだ。私の先祖のように、小さい島などで生き残っていた者が残していた記録が、わずかに残っているばかりだな』

『島に避難すれば、生き残れる可能性もあるのか』

『よほどの幸運に恵まれなければ、逃げたところで生き残れんはずだ。我が先祖は運がよかったようだが……それでも当時は何度も死線をくぐったと聞いている』

まあ、そうだろうな。

大陸が全て滅ぶようなことになれば、気候なども大きく変わってしまうだろうし、生き残れたのはほんの一握りのはずだ。

でなければ、もっとちゃんとした情報が残っていてもよさそうだし。

『やっぱり、戦って勝つしかなさそうだな』

『ああ。生まれた直後の竜は、力を使い果たした後より強いはずだが……ユージの戦力があれば、勝てる可能性はあるはずだ』

『勝てると祈りたいところだな。場所が分かってるなら、その近くに張り込むのがよさそうだが……』

『張り込みなら、ずっと前から行っている。何しろ、竜が現れるのはこの山だからな』
そう言ってバオルザードは、自分の足元を指した。
なるほど……竜が現れる山の場所を分かった上で、そこに住んでいたという訳か。
などと考えていると、地面が揺れ始めた。
地震のようだ。
この世界でも、地震は普通に起きる。
とはいえ、今の場所とタイミングを考えると……。
『これ、普通の地震じゃないよな？』
『ほぼ間違いなく、竜の影響だろうな。今日中に復活してもおかしくはない』
どうやら俺たちは、随分とちょうどいいタイミングでここに来たようだ。

長い間張り込まずに済むのは助かるが……準備を急ぐ必要がありそうだ。

『今のうちに、作戦を決めておいたほうがいいな』

『ああ。……その前に、一つせねばならぬことがある』

バオルザードはそう言って、その場から飛び立つ。

そしてバオルザードは街のほうを向き……人間の言葉で呼びかけた。

「『大災厄《だいさいやく》』が来る。避難せよ！」

バオルザードの警告が、街へと響き渡る。

すると間もなく、街の人々が一斉に避難を始めた。

『……随分と手際のいい避難だな』

街に残したスライムとの『感覚共有』で状況を観察しながら、俺はそう感想を漏《も》らした。

急に告げられた避難にもかかわらず、住民たちは無駄なく荷物をまとめ、街から去ろうとしている。

普通ならもっとパニックになったり、持っていく荷物で悩んだりしそうなものだが。

『戦いの際には避難できるよう、準備と訓練をさせていたからな』

どうやらバオルザードは、ずっと前からこの戦いに備えていたようだ。

住民に避難訓練までさせるとは……こいつは本当にドラゴンなのだろうか。

しかし、バオザリアはバオルザードの領域の近くにあるとはいえ、ここからはかなりの距離がある。

前に戦った『デライトの青い竜』だって、山をまたぐほど広範囲に被害を及《およ》ぼすような力はなかったはずだ。

現れてすぐのところを襲撃するなら、あそこまで巻き込まれることはなさそうな気がするのだが……。

『あそこまで被害が及ぶような戦いになる想定なのか？』

『ああ。このあたり一帯は焦土《しょうど》になってもおかしくはない。『真竜《しんりゅう》』……それも『蒼の竜』よりさらに格上となると、そのくらいは覚悟する必要がある』

『……『真竜』？　初めて聞く言葉だな』

『竜の中でも特に強い者を、我らはそう呼ぶ。見た目は同じ竜かもしれないが……我らのような普通の竜と『真竜』では格が全く違うからな。同じ生物だとは考えないほうがいい』

なるほど、竜にもそういう区別があるのか。

まあ、普通のドラゴンならこの世界に来たばかりのときに『終焉《しゅうえん》の業火《ごうか》』一発で倒せたからな。

あの竜と『終焉の業火』がほとんど効かなかった『デライトの青い竜』では格が違うというのは、納得のいく話だ。

などと考えているうちに、住民の避難はどんどん進んでいった。

その様子を見つつ俺は、バオルザードに尋ねる。

『そんな竜と、どうやって戦うつもりだ？』

『考えていない。ユージはどう戦えばいいと思う？』

『これだけ準備をしてて、戦い方は考えていなかったのか……』

『考えるだけ無駄だったからな。我の力では、どうあがいても勝てん。……ユージほど強い協力者がいれば、援護程度はできるがな』

ひどい理由だな……。

そんな相手と戦わなくちゃいけないのか。

そう考えつつも俺は、戦う方法を考える。

相手が『デライトの青い竜』より格上となると、普通に魔法を撃ったところで効果はないだろう。

だが……『ケシスの短剣』を使えば、倒せる可能性はあるはずだ。

あの短剣は、発動する魔法の威力を剣先に集中させる。

『デライトの青い竜』は、『終焉の業火』と短剣を組み合わせることで倒した。

要するに、前回と同じ方法を使おうという訳だ。

問題は、どうやってその攻撃を敵に当てるかだな。

短剣によって収束した魔法の範囲はごく狭く、直接短剣を突きつけるような状態でなければ命中は望めない。

飛行能力と強力な攻撃能力を合わせ持った竜を相手に、肉薄する状況を作らなければならない訳だ。

あのときは『天撃』とかいう魔法を使って撃ち落としたのだが……あの魔法、今は使えそうにないんだよな。

かといって、ドラゴンに乗って飛びつくとかは、俺の体がもちそうにない。

となると……。

『できれば、敵を地面に叩き落としてほしい。そうすれば、後は何とかしよう』

『叩き落とす、か……。なかなか難しい注文だが、倒すのに比べれば遥《はる》かにマシだな。どこに落とせばいい？』

『近接攻撃を仕掛けたいから、俺が行ける範囲に落としてくれ。……できそうか？』

話を聞く限り、敵の竜はバオルザードより格上のようだ。

翼さえ壊せば竜も飛べなくなるはずなので、倒すよりは簡単だと思うのだが。

『敵の戦力がはっきりしないから、確実にとは言えないが……翼というのは、竜の体の中ではもろい部分だ。力の差があっても、落とすだけなら何とかなるかもしれん』

バオルザードがそう答えた次の瞬間……足元から轟音《ごうおん》が鳴り響いた。

だが、何も起きない。

噴火が起きることもなければ、竜が現れることもなかった。

では……今の轟音は、一体何の音だったのだろうか。

地震や噴火というよりは、機械の作動音のようなものだった気もするが……。

そう考えていると、バオルザードが呟いた。

『使命の魔道具が起動した。いよいよ来るようだな』

『……使命の魔道具?』

『世界が滅ぶ前に、我らの一族が設置した魔道具だ。真竜が現れた際に自動で発動し、一族の者に力を与える』

その言葉とともに……バオルザードの力が、急激に膨れ上がった。

同時にバオルザードの体が、輝きを放ち始める。

『ふむ……この魔道具の恩恵を受けるのは二度目だが……やはり凄《すさ》まじいな』

『どのくらいの効果があるんだ?』

『我らの主たる攻撃手段、『竜の息吹《いぶき》』の威力は30倍近くまで上がるはずだ。もっとも、我らの息吹が30倍の威力を得たところで、真竜には遠く及ばんがな』

『竜の息吹』……竜が吐く炎のことか。
あれって、そんな名前だったんだな。

それだけ強くなっても足りないとは、一体どんな強さなんだろう。
そう考えていると、バオルザードが呟いた。

『……来たか』

バオルザードの視線の先には、1匹の赤く小さな竜がいた。

竜にしては小さい……とかいうレベルではない。
恐らく、俺やプラウドウルフより小さいくらいだろう。
バオルザードに言われなければ、そこにいることすら気付かなかったくらいだ。

『随分小さいな……』

あれが『赤き先触れの竜』なのか。

俺はそう言いつつ、ステータスを調べようとする。

だが、ステータスは表示されなかった。

『小さいからといって油断はできん。真竜はそういうものだ。――『竜の息吹』！』

飛び立ったバオルザードは、『赤き先触れの竜』に『竜の息吹』を放った。

使命の魔道具によって強化された炎は、青白い輝きを放ちながら『赤き先触れの竜』の小さな体を覆い尽くした。

『キュオオオオオォォォォ！』

炎を浴びた竜が、叫び声を上げる。

叫び声はだんだんと小さくなり、やがて聞こえなくなった。

だが……嫌な予感が消えない。
その予感は正しかった。

『キュアアアアァァ！』

甲高《かんだか》い叫び声とともに、バオルザードの炎が消滅した。
その中から現れたのは――先程より一回り大きくなった『赤き先触れの竜』だ。

『キュオッ！』

小さな竜は「邪魔だ」とでも言いたげに、握りこぶしほどの小さな炎を吐いた。
バオルザードは避けようとしたが……避けきれず、翼の先に炎が命中する。

次の瞬間、炎が爆発《ばくはつ》した。
眩《まぶ》しい光が空を覆い、爆風が地面を薙《な》ぎ払《はら》う。

『ぎゃーっ！』

『助けてー！』

バオルザードを援護すべく周囲に展開していたスライムたちが、悲鳴を上げた。

さすがに地上までは大した被害が及んでいないが……これ、本当に生まれたてなんだよな……？

そう考えていると、傷を負ったバオルザードが落下してくるのが見えた。

炎を受けた翼は、ズタズタになっているようだ。

「魔法転送――『パーフェクト・ヒール』」

俺はバオルザードを助けるべく、治癒魔法を転送する。

転送対象は、ファイアドラゴンの宝玉から作った防具を装備したスライム。

防具の効果で3倍以上の威力に増強された回復魔法は、バオルザードの傷を完全に癒《いや》した。

『戦えそうか？』

『ああ。すまない。……まさか『小竜弾《しょうりゅうだん》』だけであの威力とはな……』

そう言ってバオルザードは、空へと戻っていく。

どうやら回復魔法はとても有効なようだが……『赤き先触れの竜』は今も少しずつ大きくなっている。

回復魔法を使う暇すらなく、バオルザードが一撃で殺されるような威力の攻撃が飛んでくるのも、時間の問題かもしれない。

問題は、それまでに勝負を決められるかどうかだが……。

『……敵の翼は、ちょっと焦《こ》げただけみたいだな』

俺は『赤き先触れの竜』の体を見ながら、そう呟く。

敵の一撃でバオルザードは墜落し、こちらの一撃では翼がほんの少し焦げるだけ。不利にもほどがある。

そう考えていたのだが、バオルザードの見方は違うようだ。

『翼が焦げるということは、魔力による防御を貫けているということだ。効かないよりは全然いい』

『……落とせそうなのか？』

『落とせるかではない。落とすのだ！』

そう言ってバオルザードは『赤き先触れの竜』に近づいていく。
そして、『竜の息吹』を連発し始めた。

『『竜の息吹』、『竜の息吹』、『竜の息吹』――――!!』

あの『竜の息吹』って、あんなに連続で発動できるものだったんだな。
今までに見たドラゴンは、あまり『竜の息吹』を連発しないイメージがあったので、連発できない事情でもあるのだと思っていたのだが。
そう考えつつ俺も、魔法で援護を行う。

「魔法転送――『極滅《きょくめつ》の業火』、魔法転送――『極滅の業火』」

『極滅の業火』は攻撃範囲が狭い分、強力な攻撃魔法の中では魔力消費が少ない。

だから、ある程度は連発ができる。

とはいえ、バオルザードに当てないようにタイミングを見計らわなくてはならないため、全力での連射という訳にもいかないのだが。

『バオルザード、敵からもうちょっと離れてくれないか？　援護がしにくいんだ』

こうしている間にも、敵の竜はどんどん大きくなっている。

もうすでに、通常のドラゴンと同じくらいのサイズと言っていいくらいだ。

早く勝負を決めなければ、手のつけようがなくなる。

『悪いがそれはできん。これ以上離れれば、威力が落ちる』

……これ以上は離れられないのか。

最大威力でさえ翼を焦がす程度だったのだから、威力が落ちればまず効果はないだろう。
どうやら、バオルザードが何とかしてくれるのを祈るしかないな。

『竜の息吹』、『竜の息吹』……』

バオルザードによる『竜の息吹』の連発は、敵に反撃の時間を与えない。
敵が何度炎を振り払っても、そのたびに『竜の息吹』を再発動するからだ。

「キュオオオオオオォォ！」

そのため、一方的にバオルザードが攻撃を続ける形になっているが……『赤き先触れの竜』の声に、焦《あせ》りや苛立《いらだ》ちは感じられなかった。

テイマーになったおかげなのか、俺は何となく魔物の感情を理解できる。
敵の竜から感じられるのは――『余裕』。
対応できないというよりは、あえて対応していないという様子だ。

『『竜の息吹』、……『竜の息吹』……！』


対してバオルザードの声は、段々と苦しそうなものになっていく。

『竜の息吹』を連発するペースも、段々と落ちているようだ。


それだけではない。

攻撃の負荷に耐えきれなかったのか、バオルザードの顔は赤熱し、焼けただれ始めている。

やはり今までに見たドラゴンが『竜の息吹』を連発しなかったのには、それなりの理由があるということなのだろう。

バオルザードは、相当に無理をして攻撃を続けているようだ。


『おい、大丈夫か……？』


そう尋ねながら俺は『パーフェクト・ヒール』を発動する。

だが……傷はあまり治らなかった。

回復魔法の威力不足という訳ではないだろう。
どうやら『竜の息吹』の反動によるダメージまでは、回復魔法で癒せないようだ。
『くっ……やはり使命の魔道具は、体への負荷が大きいか。だが……落とす！』
バオルザードは反動に苦しみながらもなお、『竜の息吹』を連発する。
しかし……。

『――『竜の、息吹』！』

そう言って放った『竜の息吹』は、発動しなかった。
バオルザードの口から炎は出ず、代わりに黒い煙だけが吐かれる。
その隙《すき》を、『赤き先触れの竜』は見逃さなかった。

「ギュオッ！」

短い鳴き声とともに放たれた火球が、バオルザードへと飛んでいく。

今度はバオルザードも警戒していたようで、ギリギリのところで回避したが……。

「ギュオッ！」

敵の竜がもう一度叫ぶと、火球はその場で爆発した。
爆発に巻き込まれ、翼をほとんど失ったバオルザードが墜落する。

『あんな威力の火球を、平然とした顔で放ちやがって……』

――先程より、あきらかに威力が上がっている。
最初に放たれた炎は、直撃して初めてバオルザードの片翼を壊した程度だった。
だが今の炎は遠くで爆発したにもかかわらず、バオルザードの両翼を破壊して墜落に追い込んだのだ。

一方、バオルザードが文字どおり身を削って連発した『竜の息吹』を受け続けていた『赤き先触れの竜』は、大したダメージを受けた様子がない。
翼がごくわずかに焦げてはいるものの、それだけだ。

『……なぜ落ちん！　いくら『真竜』といえど、翼を焦がす威力の攻撃をあれだけ立て続けに受けて、落ちない訳がない！』

回復魔法を受けたバオルザードは、困惑の声を上げながら『赤き先触れの竜』の元へと向かう。

どうやら、まだ戦意は失っていないようだ。

しかし、戦況は厳しい。

何しろ、あれだけ攻撃を続けたにもかかわらず、与えられたダメージは翼が焦げる程度。

……いや。違う。

先程まで『赤き先触れの竜』の体はバオルザードの炎に覆われていたため、ダメージを確認することはできなかった。

だが『竜の息吹』が途切れた今、敵の姿ははっきり見える。

その様子は、一つの事実を示していた。

『なあ。あいつ……回復してないか？』

視線の先にいる『赤き先触れの竜』の翼は、確かに傷ついている。

しかし、その傷は目に見えるような速さで小さくなりつつあった。

恐らく回復は、バオルザードが攻撃している間にも続いていたのだろう。

だからこそ、『赤き先触れの竜』は飛べなくなるほどのダメージを負わなかったという訳だ。

『攻撃はまだ続けられそうか？』

『魔力回路を休ませられたおかげで、また撃てそうだ。だが……『竜の息吹』の連発は、多大な魔力を消費する。撃ててあと10発といったところだな』

『10発か……』

今までにバオルザードは、数十発にも及ぶ『竜の息吹』を撃っていたはずだ。

それであの程度のダメージだったことを考えると、10発くらいであいつを落とせるとは、到底思えない。

さらに『極滅の業火』もあまり効果がなかったとなると……。

『バオルザード、テイムされてくれ』

『テイムだと……?』

『ああ。強化魔法を使えば、威力を上げられる』

強い魔物をテイムすると、テイマーは時間とともに魔力を削られるという話だ。

その状態で魔力を使い果たせば、テイムを解除することもできずに魔力の反動で体力を削られ続け、死ぬことになる。

だが、テイムにはそれに見合うメリットがある。

強化スキルと、魔力転送だ。

テイムした相手には、テイマーとしての強化スキルが使える。

スライムを強化してもたかが知れているが、バオルザードの『竜の息吹』が強化されれば、凄まじい威力になるだろう。

まあ、積極的にテイムしたいというよりは、他にどうしようもないといったほうが正しいのだが。


『……魔力切れで死にたいのか？』

『どうせ勝てなきゃ死ぬんだ。だったら、勝てる可能性があったほうがマシだろう？　……反動で死ぬ前に、カタをつけたいところだけどな』


今はまだ、バオルザードが敵に与えたダメージが残っている。

だがそれも時間の問題だろう。

相談をするわずかな間にも、ドラゴンは回復し続けているのだから。

『……分かった』

その言葉とともに、ピロリン、という音が頭の中に響いた。
同時に、目の前にウィンドウが表示される。

『モンスター　末裔《まつえい》の竜バオルザードをテイムしました』

どうやらテイムできたようだ。
魔力管理には気を付ける必要がありそうだが……まあ、ステータス画面を開きっぱなしにしておけば何とかなるだろう。

ユージ

職業：テイマー　賢者

スキル：テイミング　光魔法　闇《やみ》魔法　火魔法　水魔法　土魔法　雷魔法　風魔法　時空魔法　特殊魔法　大魔法　使役魔法　付与魔法　加工魔法　超級戦闘術

属性：なし

HP　8567／8567
MP　325801／3620000

MPにはまだ余裕がある。

確かに、結構なペースで減ってはいるのだが……このくらいなら、しばらくは戦えそうだ。
そう考えつつ俺《おれ》は、使える限りの強化スキルをバオルザードに施していく。

「『魔物強化』、『攻撃強化』、『魔力増強』……」

すると……MPが減少するペースが上がった。
どうやらテイマースキルによる魔物の強化は、MP消費の増加と引き換えのようだ。
まあ、魔法のMP消費に比べれば全然マシなのだが。

『……『竜の息吹《いぶき》』！』

強化スキルを受けたバオルザードが、『竜の息吹』を発動する。
その炎は青白く、先程よりあきらかに熱量が上がっていた。

「ギュイイイイイィィィ！」

敵の竜が、わずかに苦しそうな声を漏《も》らす。

やはり、効いているようだ。

『うむ……素晴《すば》らしいな。これなら勝てるかもしれん』

どうやらバオルザード自身も、手応えを感じているらしい。

とはいえ、翼を破壊するのに10発で足りるかというと……正直なところ、厳しいように感じる。

何しろ敵は、回復能力まで持っているのだから。

『多少魔力消費が多くてもいい。効きそうな魔法を知らないか？』

この状況で強力な魔法を使うのは、かなりのリスクがある。

だが……使わない訳にはいかないよな。

今のうちに仕留められなければ、状況は悪化する一方なのだから。

『……一つ、あるにはある。勧めたくはないがな』

『そんなことを言っている場合じゃないことは、分かってるだろ？』

『……『破空《はくう》の神雷《しんらい》』だ。アレが使えるなら、恐らく効果はあるが……』

初めて聞く魔法だな。

今まで言わなかったことを考えると、言わなかっただけの理由があるのだろうが……一度撃っただけで死んだりはしないだろうか。

そう考えていると、バオルザードが告げた。

『あの魔法は、『終焉《しゅうえん》の業火《ごうか》』よりさらに魔力負荷が重い。レリオールはテイムしながらあの魔法を使ったことで、命を落としたのだ』

『テイムしてなかったら、レリオールも死ななかったのか？』

『ああ。魔法を使った直後は、まだ生きていた』

なるほど。

となると……レリオールでもＨＰまで削り切られるほどじゃなかったんだな。
確かレリオールという魔法使いは、『終焉の業火』を一度しか使えなかったはずだ。
俺は今なら2回使えるので、恐らく魔力量は俺のほうが多いはず。
そう考えると……1発なら安全に撃てる可能性が高いな。
『分かった。ヤバいと思ったらテイムを切るから、気を付けてくれ』

『了解した』

俺はそう考えつつ、スキルを検索する。
すると……確かに『破空の神雷』というスキルは存在した。
どうやら、俺が読んだ本の中にあるスキルのようだ。
『魔法転送――『破空の神雷』！』
俺がそう唱えると――バオルザードの体から、眩《まぶ》しい光の柱が放たれた。

魔法名は雷ということになっているが、実物は光の杭《くい》といった感じだな。
『キュアアアアアァァァァ！　ギュオアアアアァァァ！』
光の杭に貫かれた『赤き先触《さきぶ》れの竜』が、苦しげな声を上げた。
どうやら、効いているようだ。
『『竜の息吹』……！』
バオルザードも、追撃を仕掛けている。
だが、敵はまだ落下しない。
俺はその様子を見つつ、ステータスを確認する。

ユージ
職業：テイマー　賢者

スキル：テイミング　光魔法　闇魔法　火魔法　水魔法　土魔法　雷魔法　風魔法　時空魔法　特殊魔法　大魔法　使役魔法　付与魔法　加工魔法　超級戦闘術

属性：なし

ＨＰ　７５６７／８５６７
ＭＰ　マイナス１２５８０１／３６２０００

状態異常：魔力過剰使用

「……もう1発撃てるか？」

ＭＰはすでにマイナスになっているが、マイナス量は12万程度でしかない。
ＨＰが３０００ほどしかなかった頃に『絶界隔離の封殺陣《ふうさつじん》』を使った際にはマイナス32万まででいったが、そのときにもＨＰは残った。

そう考えると、もう1発なら撃てるはずだ。
今ここで2発目を撃ってしまうと、HPもMPもかなりギリギリの状態になるだろう。
そのままの状態で3発目を撃てるとは思えない。
だが……勝ち筋は一つ思いつく。
ぶっつけ本番になるが、やってみるしかないか。

『『破空の――』』

『キイイイイィイイイッイイイ！　キュアアアアアアァァァァァ!!!』

俺が2発目を唱え始めると、敵の竜は危険を察知したようだ。
今までに聞いたこともないような叫び声を発しながら、四方八方に火球をばらまく。
だがそれが爆発《ばくはつ》するより、俺の魔法が発動するほうが早かった。

『――神雷』

その言葉とともに、光の杭が『赤き先触れの竜』を貫いた。

それと同時に、周囲の火球が一斉に爆発する。


『ぐあああああぁぁぁ！』


バオルザードが、苦痛の声を上げながら落下していく。

回復してやりたいところだが……墜落したのは『神雷』を受けた『赤き先触れの竜』も同じだった。今は千載一遇《せんざいいちぐう》のチャンスだ。

幸い、距離が離れていたおかげで、バオルザードも致命傷ではなさそうだ。

傷を治すのは、勝負をつけてからにしよう。


『プラウド・ウルフ！　全速力で頼む！』


俺はプラウド・ウルフにそう呼びかけた。

プラウド・ウルフは臆病《おくびょう》な魔物だ。

普段であれば、絶対にこんな状況の中で戦おうとは思わないだろう。

だが、プラウド・ウルフは来た。

猛然と俺の元へ走ってきたプラウド・ウルフは俺を背中に乗せて走り出す。

『こ、こうなりゃヤケクソッス！　全力で行くッスよ！』

敵が落下した場所は、俺のいるところから少し離れている。

敵が落ちる位置を調整していられるような余裕はなかったのだ。

回復能力を持っている以上、敵は一度落ちてもまた飛び立つことだろう。

それまでに敵を仕留めなければ、勝機はない。

『くそ……地味に遠いッスね！』

プラウド・ウルフはそう言いつつも、スピードを一切《いっさい》落とさない。

防具によって強化された最高速度を維持しながら、険しい山道を猛然と突き進んでいく。

俺は振り落とされないようにしがみつきながら、薬を飲み込んだ。

この先には、『竜の息吹』1発でプラウド・ウルフを万単位で殺せるだけの力を持つ『赤き先触れの竜』がいる。

いつもならとっくに逃げ出しているであろうプラウド・ウルフが、今日は最短距離で竜へと向かって走っている。


この戦いに勝つことこそ、生き残る唯一の道。

そのことをプラウド・ウルフも、理解しているようだ。

……もっとも、顔はビビり散らしているが。

そして――遠くに敵の姿が見えてきた。

『やっぱり、回復してるか』


2連続での『破空の神雷』はさすがに効いたようで、敵はまだ飛び立てずにいた。

だがその体は、確実に回復しつつある。

とはいえ飛び立たれさえしなければ、俺の勝利は揺るがない。

『バレてるか……』

動かない竜を『感覚共有』で見ながら、俺はそう呟《つぶや》く。

竜が動かないのは恐らく、翼を回復するためだ。

先程から、『赤き先触れの竜』の体のほとんどの部位は回復が止まった。

その代わり、翼の傷だけが急速に癒《い》え始めた。

恐らく奴《やつ》はこのまま地上にいるのが危険だと本能的に察知し、回復のためのリソースを翼に集中させているのだろう。

『急いでくれ!』

返事はなかった。

プラウド・ウルフは声を出すのに使うわずかな力さえも惜しみ、全力で残り少ない距離を詰める。

それに対して、敵の竜はじっとして動かない。

そして、距離があとわずかになったところで――竜は飛び立った。

『ま、待ってくださいッス！　後ちょっとなのに！』

手の届かない高度まで飛び上がった『赤き先触れの竜』を見て、プラウド・ウルフが絶望的な声を上げる。

前回使った、結界魔法を蹴《け》って高度を合わせる手でも、恐らく追いつけないだろう。

その様子を見て――俺は指示を出した。

『プラウド・ウルフ、方向転換だ！　バオルザードの元へと向かってくれ！』

『……まさか、飛び移る気ッスか⁉』

『他に手はないだろう？』

竜が本気で加速すれば、生身の人間である俺が耐えられる訳がない。

加速にすらついていけないのに、飛び移ることなど可能なはずがない。

だから最初は使わなかった手なのだが――幸いにして敵はまだ、万全ではない。

それはバオルザードが全力を出さなくとも、追いつける可能性があることを意味する。

『魔法転送――『パーフェクト・ヒール』。……バオルザード、飛べそうか？』

『ああ。もう『竜の息吹』は使えそうにないが、飛ぶだけならできる。だが……』

そう話している間にプラウド・ウルフは、バオルザードの元へとたどり着いた。

どうやらバオルザードは、敵のすぐ近くに落下していたようだ。

『説明は後だ。あいつに飛び移れるところまで近付いてくれ！』

『……人間に耐えられるよう配慮はするが、きつい加速になるぞ。背中の棘《とげ》に掴《つか》まっていろ！』

『了解した！』

背中にある棘を掴んだのを確認して、バオルザードは飛び立った。
猛烈な加速度で意識が遠のきかける中、俺は棘にしがみつく。
地面が急速に遠ざかり、代わりに『赤き先触れの竜』の姿がどんどん近付いてくる。
だが、敵もただ黙って距離を詰められている訳ではない。
翼は今も回復し、『赤き先触れの竜』はさらに速度を上げようとしている。
『速度を合わせる余裕はない。タイミングを見て飛び降りてくれ！』
そう言ってバオルザードは、『赤き先触れの竜』との距離を一気に詰める。
そして――。

『今だ！』

バオルザードがちょうど『赤き先触れの竜』の真上あたりを通過するタイミングで、俺は飛び降りた。

　敵の背中まではそれなりに距離がある。

　というか、ビルの5階くらいまでの距離がある気がする。

　竜同士の戦いでは、ないも同然の距離だが……人間が自由落下するには、あまりにも長い距離だ。

　まあ、生きてさえいれば回復魔法で何とかなるだろう。

　魔法を発動する瞬間だけ意識を保っていられれば、勝利だ。

　俺は自由落下しながら、短剣を取り出す。

　それを見て、バオルザードが呟いた。

『その短剣……まさか、広域殲滅《せんめつ》魔法の威力を収束させるものか⁉』

『ああ。よく知ってるじゃないか』

この短剣はもしかして、有名なものだったのだろうか。

いずれにしろ、この短剣はとても役に立つ。

これがなければ、『赤き先触れの竜』を倒すことなど夢のまた夢だっただろう。

『待て！『破空の神雷』を2回も使った後だぞ！　その体で広域殲滅魔法など――』

『テイム解除』

バオルザードの声を遮《さえぎ》って、俺はテイムを解除した。

意識を保てる保証がない以上、魔力を食い続けるバオルザードのテイムを維持する訳にはいかない。

そして俺は、近付いてくる『赤き先触れの竜』の背中を見据える。

唱える魔法なら、すでに決まっている。

短剣による収束と相性《あいしょう》のいい、威力と攻撃範囲を合わせ持った魔法だ。

『終焉の業火』

俺はそう唱え、竜の背中に短剣を振り下ろした。
魔法の発動とともに、剣が赤熱する。
その様子を見ながら俺は『赤き先触れの竜』の背中に叩《たた》きつけられ、意識を失った。

◇

体が痛い。
全身が痛くて、もはやどこが痛いのかも分からないくらいだ。
そんな状況の中で、俺は無意識に魔法を唱えた。

『……『パーフェクト・ヒール』』

魔法が発動すると、全身の痛みが引いた。
それと同時に、スライムたちの声が聞こえ始めた。

『おきたー！』

『ゆーじ、おきたよー！』

あたりを見回すと、スライムたちが心配そうに俺の顔を覗《のぞ》き込んでいた。

いや、覗き込んでいるのはスライムだけではない。

『……まさか、本当に生きていたとはな』

俺が起き上がったのを見て、バオルザードが呆《あき》れたように呟いた。

バオルザードもスライムたちも生きているということは……恐らく勝ったのだろう。

『気を失っていたみたいで、状況が把握できていないんだが……倒せたのか？』

『ああ。お前が短剣を使って放った『終焉の業火』でな』

そう言ってバオルザードが指した先には、背中がほとんど炭化した状態の『赤き先触れの竜』が転がっていた。

どうやら、魔法のチョイスは正解だったみたいだ。

『作戦成功か。……かなりギリギリだったけどな』

そう言って俺は、ステータスを確認する。

MP上限は、52万まで増えていた。

戦闘前は36万くらいだったので、ものすごい伸び方だ。

やはり真竜《しんりゅう》は、経験値も多いのだろうか。

だが……HPの上限値は今までとさほど変わっていない。

俺自身の防御面は、ちゃんと対策する必要がありそうだな。

考えてみれば、地面に落ちただけで大怪我《おおけが》をするような人間が、よくあの戦いから生きて帰れたものだ。

『ギリギリも何も……ユージ、お前はなぜ生きているんだ?』

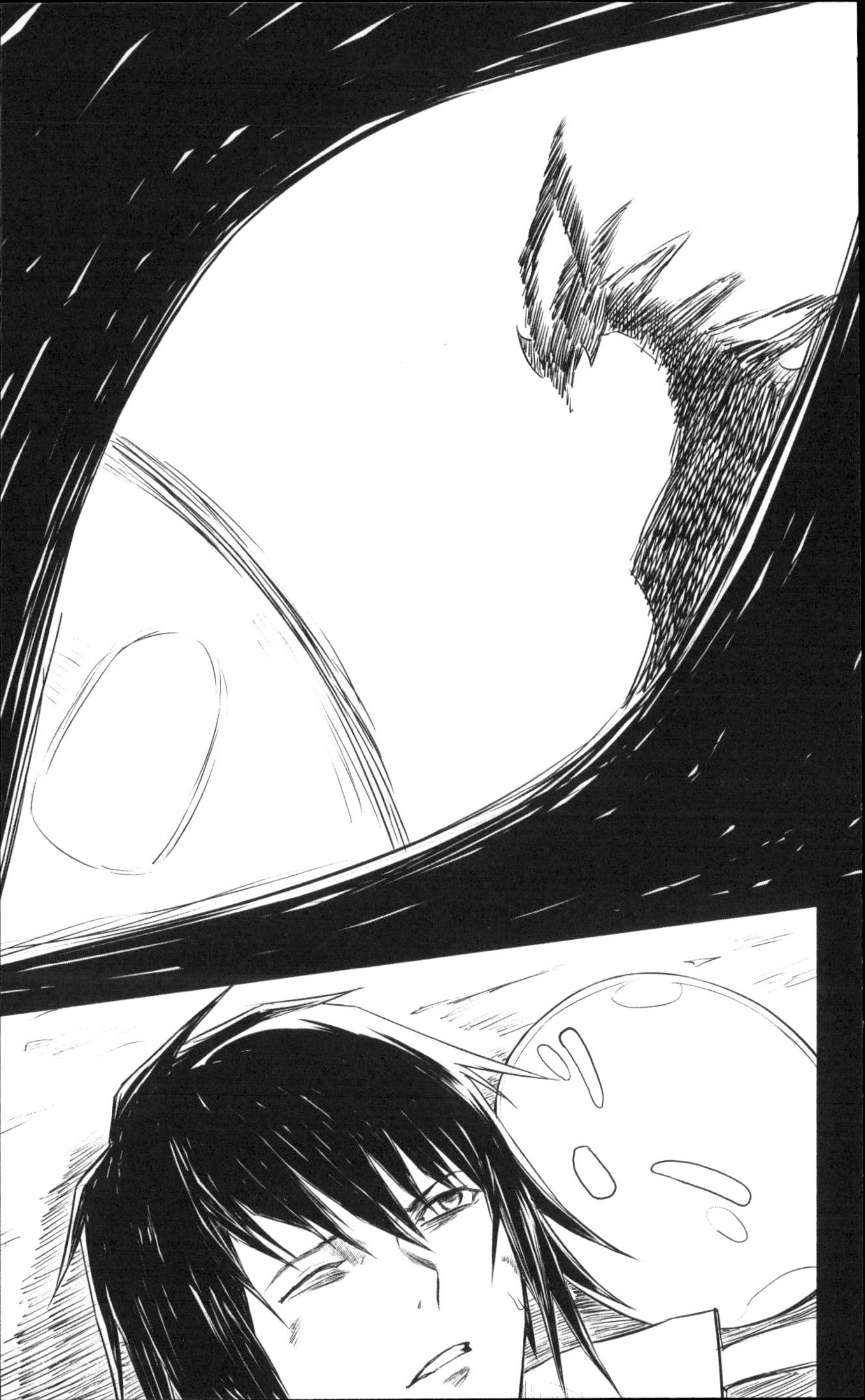

『いや、そう聞かれてもな……死んだほうがよかったか？』

『そうではない。『破空の神雷』を2回も使えば、体は反動でボロボロのはずだ。その状態で『終焉の業火』など使って、なぜ生きているのかと聞いている』

ああ、そういえば魔力の話をしていなかったな。

時間がなかったので、後で説明しようと思っていたのだが。

『それは、この薬のおかげだ』

そう言って俺は、空き瓶《びん》をバオルザードに見せる。

俺はこれのおかげで、生きて帰れた訳だ。

『……薬か？　上位魔法の膨大な魔力消費と反動を、薬などで回復できるとは思えないが……』

『これは魔力回復薬じゃない。魔力復帰薬だ』

魔力復帰薬。

通常の魔力回復薬と違い、魔力の量を『10分前と同じ量に戻す』効果を持つ薬だ。

俺はこれを、移動の途中……プラウド・ウルフに乗って『赤き先触れの竜』の元へと向かう途中に飲んだ。

1回の『破空の神雷』を使ってから10分も経《た》っていない頃なので、魔力はほぼ全回復したという訳だ。

あまりにも便利というか、反則級の効果だ。

『……魔力復帰薬、だと？　それは、どうやって作る薬だ？』

薬の名前を聞いたバオルザードは、俺にそう尋ねた。

これだけの効果を持つ薬なのだから、製法に興味を持つのは自然だろう。

だが……少し答えづらいな。

何しろ魔力復帰薬の原料は、ドラゴンが死んだ場所に生えるキノコなのだ。

バオルザードもドラゴンの一員のはずだが、死体のそばに生えるキノコを材料にしたと聞いたら、どんな反応になるだろか。

『あー……実は、キノコが材料なんだが……』

『ドラゴンが死んだ場所に生えるキノコか?』

『何だ、知ってるのか』

どうやらバオルザードは、魔力復帰薬の製法について知っていたようだ。

そして、ドラゴンキノコを使ったことに対して不快感を示す様子もない。

だとしたら、なぜバオルザードはわざわざ質問をしたのだろうか。

などと考えていると……バオルザードが口を開いた。

『どうやら、我が知っているのと同じ薬のようだな。……だとしたら、ユージが生きているのはやはり不自然だ』

『俺はレリオールより魔力が多いみたいだからな。そのおかげじゃないか？』

『多い少ないの問題ではない。魔力復帰薬は無から魔力を作り出す薬ではないぞ』

……え？

そうだったのか？

『どうやら、本当に知らなかったようだな……』

俺が呆然《ぼうぜん》とした顔をしていると、バオルザードは呆れた顔をしながら魔力復帰薬について説明してくれた。

説明によると、どうやら魔力復帰薬はそもそも『魔力を回復させる薬』ではないらしい。

魔力復帰薬の効果は、体内にある魔力を無理やり引き出して魔法に使うというもの。

つまり魔力が増える訳ではなく、体中にある魔力を動かしているだけ。

賢者が『限界を超えて魔法を使う』ときと同じだ。

『それじゃ、意味なくないか？』

『ああ。自力で限界を超えられない者にとっては無意味でもないが……賢者にとっては、全く意味のない薬のはずだ』

初めて聞く話だ。

ドライアドからもそんな説明は受けていない。

だが考えてみれば、それなりに納得はいく話でもある。

いくら貴重な材料を使うとはいっても、ポーション瓶1本分の薬から何十万もの魔力が生まれるとは考えにくい。

そして、限界を超えて魔力を使える者が少ないなら、本当の効果が知られていないのも不思議ではないだろう。

となると……。

『俺は何で生きてるんだ？』

『私にも分からん。だが……心当たりなら、一つだけある』

バオルザードは俺の顔を見据え、まじまじと観察する。

そして、真剣な声で俺に尋ねた。

『ユージ、お前はまさか【蒼《あお》の血族】か？』

……何だ、その中二病みたいな名前は？

あとがき

はじめましての人ははじめまして。それ以外の人はこんにちは。進行諸島《しんこうしょとう》です。


本シリーズも、いよいよ6巻です！

累計部数はなんと200万部を超え、絶好調のシリーズとなっております！

おかげさまでまだまだ続きを書かせていただけそうなので、全力で書かせていただきます！


さて、『6巻で初めて手に取った！』という方向けに本シリーズの概要を軽く説明させていただきます。

本シリーズは、異世界に転生した主人公が、自分の力の異常さを自覚しないまま無双する作品です。

最強の力を得た主人公と、仲間のスライムたちの手（？）によって、異世界の常識は粉々に吹き飛ばされていきます！

……お気づきの方もいらっしゃるかもしれませんが、５巻と同じ概要です。

この軸はまったくぶれていません！　今後もぶれることはありません！

その上で、どのように彼らが活躍するのかに関しては……ぜひ本編でご確認いただければと思います！


今回はあとがき３ページなので、謝辞《しゃじ》に入りたいと思います。


改稿などについて、的確なアドバイスをくださった担当編集の方々。

前巻までに引き続き、素晴《すば》らしい挿絵を描いて下さった風花風花《かざばなふうか》様。

漫画版を描いてくださっている彭傑《ポンジェー》先生、Ｆｒｉｅｎｄｒｙ Ｌａｎｄの方々。

それ以外の立場から、この本に関わってくださっている全ての方々。

そしてこの本を手にとってくださっている、読者の皆様。

この本を出すことができるのは、皆様のおかげです。ありがとうございます。

７巻も、今まで以上に面白《おもしろ》いものをお送りすべく鋭意《えいい》製作中ですので、楽しみにお待ちください！

最後に宣伝を。

来月は私の新シリーズ『殲滅魔導《せんめつまどう》の最強賢者』が発売します。

新シリーズですが……主人公の名前はガイアスです。

……人によっては、どこかで聞き覚えのある名前かもしれません。

こちらも当然のごとく主人公無双ものとなっておりますので、興味を持っていただけた方はぜひ『殲滅魔導の最強賢者』のほうもよろしくお願いいたします！

それでは、また次巻で皆様とお会いできることを祈って。

進行諸島

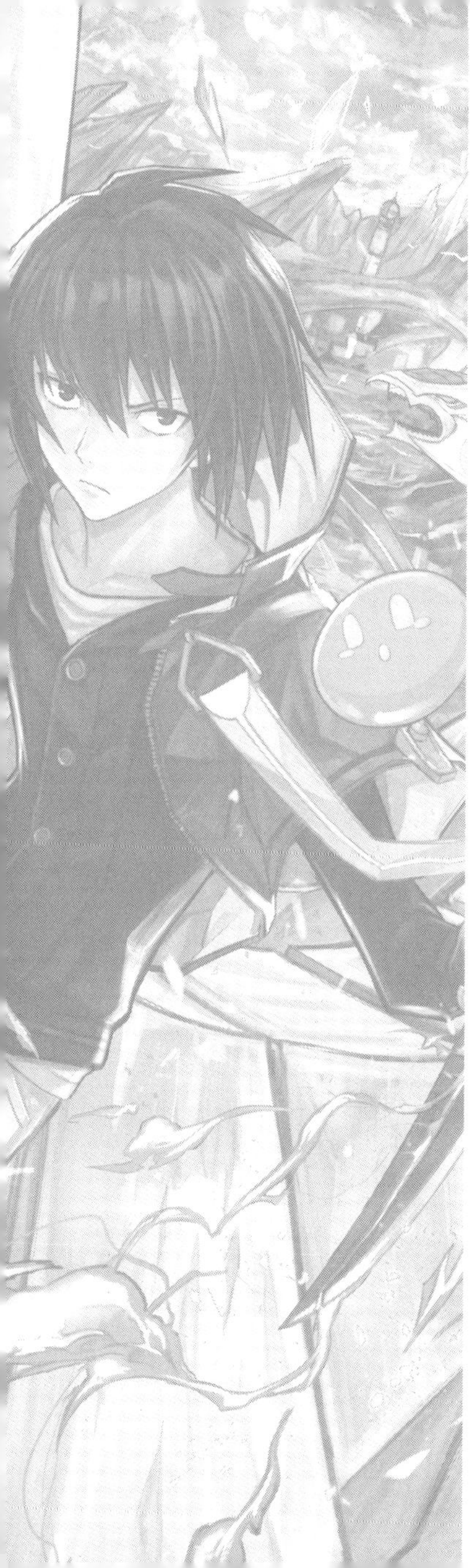

GAノベル

転生賢者の異世界ライフ6
～第二の職業を得て、世界最強になりました～

2020年8月31日 初版第一刷発行
2021年2月10日 第二刷発行

著者 進行諸島

発行人 小川 淳

発行所 SBクリエイティブ株式会社
〒106-0032 東京都港区六本木2-4-5
03-5549-1201 03-5549-1167(編集

装丁 AFTERGLOW

印刷・製本 中央精版印刷株式会社

ISBN978-4-8156-0731-9
Printed in Japan

ファンレター、作品のご感想をお待ちしております。

〒106-0032 東京都港区六本木 2-4-5
SBクリエイティブ株式会社
GA文庫編集部 気付

「進行諸島先生」係
「風花風花先生」係

本書に関するご意見・ご感想は
下のQRコードよりお寄せください。
※アクセスの際に発生する通信費等はご負担ください。

https://ga.sbcr.jp/